六大主角身世秘密大公

千尋公主

姬をさがして

文文

海福村龍王聖女

星座：天秤座

長相：可愛有餘，美麗不足，很遺憾……就是「平凡」。

個性：心地善良，天真，愛說話，但不說實話，有點流里流氣，自從文文聽村裡長老講述她出生經過之後，知道「漲潮可以變退潮」，雨天可以變晴天，而且可以隨便找女娃當龍王廟的祭司時，這就啟發了她胡說八道的機制。

絕招：說謊不打草稿。

弱點：謊言被人拆穿。

嗜好：與隱身在海福村裡的紅兔仙婆婆一起吃喝玩樂。

世仇：不知道為什麼，就是不太喜歡狐王陛下。

旻杉

天狐陛下

掌管大地之主

星座：天蠍座

長相：銀髮俊美，邪魅之氣惑人，令人癡迷。

絕招：日行萬里，田徑比賽沒人贏得過他。

個性：機敏奸巧，陰柔深沉，是天狐一族最引以為傲的領袖，談笑風生之中殺伐決斷，再親近的人也難以猜測他心中想法，是表面和善，內心卻難以親近的類型。

弱點：鷹族公主，也是他已經過世的妻子。

嗜好：吟詩作對，風花雪月。

世仇：鷹王陛下殷宇。

千尋公主

姫をさがして

尹晨伊 著

自序

尹晨伊

《千尋公主》這個故事，是一個俊美無儔又武功蓋世的狐王陛下尋找他轉世妻子的故事，那樣一個美麗的鷹族公主，眾裡尋她千百度，卻又怎麼也找不到，實在是很倒楣。（所以那公主的名字絕對不叫千尋。）

原本預定出版的是《好吧 誰教我愛你》的姊妹作，結果最後來不及，臨時改成《神國少女》的姊妹作《千尋公主》。

《千尋公主》從二年前拖到現在，我對不起大家，如今終於要上市了。天可憐見，從決定之後，只從預定的十一月初拖到十一月中，完全不符合我拖延的風格，這全都要感謝我的責任編輯毛毛，她是神賜來被我折磨的對象，我希望她的業障永遠不要消滅，繼續擔任我的編輯。

這次趕稿一樣慘烈，還是很會拖，最後拖到編輯毛毛警告我：「妳不要害我去不了員工旅遊。」

我為了有可能拿到的旅遊土產，於是日以繼夜地努力工作，現在終於到了尾聲，實在是痛哭流涕，雖然一直改個不停，最後還是趕出來了，感想只有五個字，「我的背好痛。」

這個工作一做久，手瘦背痛快成了我的基本配備。

正文之後，特別收錄了五個番外，其中包括《神國少女》的番外篇，希望喜歡《神國少女》的朋友們也能喜歡。

而〈狐心高照〉這個喜慶的篇名，在歲末之時，希望能帶給大家一點喜氣。

下次再見。

楔子

連經過數個寒暑，他們踏遍沿海龍王的領地但毫無所獲，沒有任何進展。

旻杉自春至冬，不畏嚴寒酷暑，走訪世上每個地方。

經年累月，沒有結果。

「陛下，前面有個女娃娃，讓微臣去探探消息。」

不遠處有個小女娃，身著白衣祭服，看起來像個祭童，但衣服已經被她玩髒了，看起來有些狼狽，頭髮披在腦後，因為玩得久了，有些零亂，還沾上一些草屑。

旻杉同意，「你去吧。」

胡勤走到女娃面前，也蹲下，但因為她的身形較小，仍然無法直視她的眼睛。

「孩子。」

孩子抬眼看他，「大叔，有什麼事？」

胡勤恭謹地請出一把玉扇，在女娃面前展開，「幫大叔認一下，有沒有一個有點像這個人的朋友啊？年紀跟妳差不多。」

這玉扇以翡翠為骨，上等的絹面為面，上頭繪著傾城佳人。

孩子睜大眼看著扇面上的美貌女子，絲光的絹面上繪著絕色佳麗，任誰看過都不可能忘記。

「怎麼了，女娃娃。」

她不言語，只搖頭。

胡勤嘆了一聲，希望又落空了。

「不是我的朋友。」

什麼？

「妳見過？」

「嗯。」她嬌嬌的聲音聽起來就是一個奶娃子，「有一次我看到她跟一群人經過我們村子。」

「妳看見了？妳確定就是這個人？」

「沒有那麼老啦！跟我差不多……」她用手比了比高度，「差不多就這樣高，長得很像她……」她指著玉扇佳人。

胡勤驚喜回頭，「陛下……」

旻杉一閃即到孩子面前，「不是妳村子裡的人？」

「嗯，不是，不認得。」

天可憐見，總算找到線索了。

胡勤接著追問，「她往哪個方向去了。」

小娃娃往東一指，「那邊。」

他們正好從西邊來。

胡勤將一錠金子放在女娃手中，「小娃子，妳把這個拿回去給妳爹娘。」

「這是……什麼？」

「是大叔的謝禮。」

謝什麼呢？孩子還是迷迷糊糊地不太清楚。

於是，得到消息的狐王陛下與隨侍官胡勤二人，心裡燃著希望的火光，再度踏上旅程。

第一章

她一人孤伶伶地在沙灘上踽踽而行，一身雪白的裝束在村落的孩子們中顯得突兀，也格格不入。

她，已過及笄之年，講得精確一點，過了兩年。

不過，即使仔細地看、再三觀察，恐怕也看不出來她有十七歲了。

特別嬌小的身形和娃娃臉，活脫脫就是一個孩子模樣，怎麼也不顯老。

「實際上」跟「看起來」是兩回事，十七歲就是老姑娘，普通姑娘在及笄之年就許婆家了。

仔細估量著，就算這女孩長相不起眼，又有點市井流氣，但找個婆家應該還不是問題的，為何她還是小姑獨處呢？

「聖女來了……」

她經過人群，人們總是不約而同地喊著，聲音或大或小，或高或低。

聖女？

「什麼聖女？我沒有名字嗎？」小不點喃喃地抱怨著。

看樣子她也不指望有人會回答，只是有事沒事抱怨一下，已經習慣了。

這個小不點是聖女？

「妳叫什麼名字？」

女孩訝異地抬起頭，目視著眼前發話的大漢。

主人穿著一身銀白狐皮大氅，冷峻的唇硬往旁邊撇開，算是展露了一個溫柔的微笑，「小不點，我在問妳話呢！」

這一主一從來到這兒多久了？居然一點聲響也沒發出來，真令人驚奇。

「不、不，有人會把他嘴邊那個難看的肌肉抽動當作是微笑嗎？充其量只能當作痙攣罷了。」

「大膽！」

「胡勤，別衝動。」主人開口了。

小丫頭有個可愛的名字叫「文文」，雖然她連一丁點斯文的本質也沒有。

尤其是在她被別人戲稱為小不點的時候。

「死大個兒，你說話客氣點兒行不行！」

她話才說完，那隨從一個跨步到她面前，一點兒也不費力就抓起她的衣服拎起她，「竟敢對陛下無禮？妳是不想活了是嗎？」

她一反常態笑瞇瞇地看著他。

「我若是不想活了，難不成你就要成全我？」

本來是不夠高的小姑娘，現在被提至他眼前，正好平視著他，而且眼中一絲恐懼神色也沒有。

「妳……」

「若不想人叫他死大個兒，就別長得像死大個兒。」

她一向有仇必報，嘴上不饒人。

「胡勤，放下這個小姑娘。」

原本兇得像吃人老虎的侍從，一聽見主子命令就乖得像小貓似地放她下地。

「是，陛下。」

回到地面的感覺還不錯！

文文整整衣襟，又跳了兩下，她歪著頭打量這兩個陌生的外鄉人，邊跳邊想……

小村子裡誰不認識誰？偶爾出現陌生人可不尋常。

「小姑娘，妳叫什麼名字啊？」旻杉又問了一次，這回改去了稱呼。

「要問別人名字之前，先報上自己名字吧！」文文閒閒地看著地上的沙，

「這點兒禮貌都不懂，你小時候大人沒教你嗎？」

胡勤又怒向前一步。「妳這丫頭……」

「等等！」旻杉示意胡勤靜下來，「是我不對。」他作揖行禮，「小姑娘，

在下旻杉，敢問小姑娘高姓大名。」他喜怒不形於色。

文文到這時才發現，這人英俊地出奇。

「沒有道理男人長得這麼漂亮啊！」

「謝謝。」對方點頭笑笑。

想她雖貴為龍王聖女，長得也只能稱為可愛而已，濃密的眉毛配上圓亮的大眼，稚氣有餘但魅力不足，怎麼樣都沾不上美麗的邊。

實在太不公平了！

那樣的美貌如果是長在她臉上該有多好？每個女孩都希望自己有一張那樣的臉顛倒眾生。

「我叫文文。就是文靜、斯文的文。」

「文靜？」胡勤嗤之以鼻，另外還嫌不夠地恥笑兩聲。「斯文？」

「沒錯。」文文瞪著他，「就是這兩個詞，你有意見？」

胡勤的身材足足有她的兩倍大，但她似乎一點也不害怕，權勢和世俗的力量似乎都對她產生不了威脅，眼中除了孩子氣的不悅之外，就只剩下一片坦然。

胡勤都忍不住要佩服起她了。

「沒什麼，文小姐。」

她是姓文吧？

能讓胡勤服氣的女子還真不多，何況這次的對手只是個孩子。

看來這一仗是小不點打贏了。旻杉心中暗忖。

「叫我文文就行了。我不習慣你們叫我文小姐，我又不姓文。」文文馬上就忘掉剛才的不愉快，恢復她爽朗的個性。

「啊？不姓文？」胡勤傻住了。

沒錯。文文老是覺得自己可能姓陳、姓趙，甚至姓孫、姓李……總而言之就是不姓文。

「等到我決定想姓什麼的時候，就會向大家宣布，也許……偶爾我也換一下姓氏，免得一個姓氏用太久枯燥乏味。」

「姓氏也可以隨便換的嗎？」胡勤又驚了。

「我明白了。」旻杉點著頭，「妳是這村的聖女？」

文文瞪大眼睛，他怎麼有神通知道她是聖女？

這人怎麼跟鬼一樣，隨便也可以猜中。

真討厭！一定是因為身上這件討厭的祭服。

她最討厭被人猜中了。「不……知道。」

哼！就算猜中也不承認。

她最不喜歡給人肯定的答案了。

她明明就是龍王聖女，為何不承認？旻杉和胡勤想不通。

文文不認為做事一定得規規矩矩來，在她心裡，總覺得事實應該可以在不傷害人的餘裕下運作，認為有時候適時地說些謊也不錯，說謊就是她的「生活幸福小調劑」。

旻杉他們沿海走了十七年了，幾乎每幾個村落就有一個聖女，每個都是這種打扮、這種年紀，住在神廟裡的小孤女。

明明擺在眼前的事實，她為什麼還要說這種無謂的謊？她的年齡也差不多，雖然嬌小看起來不像十七歲，不過憑她身上的祭服來判斷，她應該是那年水災出生的沒錯。

旻杉曾出手相救過水災停雨時出生被撿到的孤女，知道當時機緣巧合出生的孩子，很多都被海邊的村落奉為龍王聖女。

村人認為娃娃特別得龍王眷愛，所以才免去村人一場大災難，建了龍王廟供奉龍王，而這些龍王聖女幾乎都被村人捧在手心裡。

旻杉已經看過了好多驕縱的龍王聖女，這個文文應該不是這類型的吧？

「既然妳說不知道，好吧！等妳知道的時候再告訴我們。」旻杉也不勉強她，他攔住她是另有目的。

「當然，憑你還能強迫我嗎？」

旻杉被那孩子氣的語氣逗笑了，「我可以請妳幫個忙嗎？」

「幫忙？」

又有人找她幫忙？

煩死了，每天有人叫她幫忙預測風浪，下雨拜託她求龍王停雨，乾旱又叫她拜龍王求他下雨。

這種事情她怎麼會？

旻杉拱手又是一揖，「是的，想跟聖女您打聽件事。」

這回她可沒有否認自己的身分了，「當然當然，是要我起壇祭天求雨，還是你出海要預測風浪和吉凶？」

真是，這些人老是叫她胡來，幸虧她天生就不是個誠實的小姑娘，否則不被大家逼死才怪，文文早替自己愛撒謊的個性找了個好理由。

文文確是龍王聖女，至於為何會成為龍王聖女的細節呢？反正事情的發生經過她也記不得。

據說那年下雨下個不停，不是那種傾盆大雨，是令人傷感的綿綿細雨，連下了好幾個月，村子都快被淹了。

後來就有個大肚子的婦女逃難到村落來，村裡的長老曾說那就是她老娘，既然是逃難，當然就沒什麼好的生活條件，孩子不足月就生了下來，還幾乎把文文生到海裡去了。

老娘當然就救不活了，回天乏術。

奇怪的是，在海邊出生的文文居然沒給淹死。

不但沒被淹死，而且連一點兒也沒淋濕，而且連下好幾個月的雨也在她出生那時候就停了，更離譜的是……

原來應該漲潮的時刻卻退潮。

這一切的一切都證明她特別受到龍王眷顧，龍王聖女當然非她莫屬。

咳咳！

以上那些話當然是村裡的人說的，文文可是一句也不信。

去他們的！想她活了十七年，從來就沒見過有漲潮變成退潮，想騙誰啊？

大人們老是說一些沒有根據的事，不但如此，還愈傳愈離譜，文文常想，說不定再過幾年他們就會說……

「想當初我們村裡的龍王聖女文文出現在我們村子的時候，整片海水都乾了，就只剩文文一個娃兒躺在大海中央。」

沒準兒大夥兒也是照單全收。

水乾了，其實也不錯，魚就自動跳出來，捕魚就比較沒那麼危險和辛苦了。

這可能也是大家心裡的幻想，只是不敢說出來，怕觸怒龍王陛下。

水乾了還得了，龍王陛下可就忙得很了。

「要我幫什麼忙？」文文挺了挺胸，沒什麼看頭。

「聖女若是幫忙，我自當酬謝。」

「我幫是幫，但不一定幫成喔！」

就像她開壇求雨一樣，這種事只是騙騙人而已，作不得準，運氣好就成功，保大家心安罷了。

「嗯！」旻杉無異議地同意她的說法，「我想請妳替我認一樣東西，」他從袖中取出一把以翡翠為扇骨的玉扇，刷地一聲打開。

這是最上好的絹質，閃著絲亮的光芒，一見就知道非凡品，這翡翠更是價值連城，即使是她這種外行人也看得傻眼，但是……

若不是這種美玉，又怎堪配這絹上所繪之傾城絕色？

畫工所描繪的冰肌玉骨恐怕還不及本人的十分之一，那秋水為神的美目低垂，柔順得令人心疼，美得令人失神，連女人看了都驚歎得忘了妒嫉，直看得兩眼發直。

又是這把扇子？

「什麼東西？」文文神色自然，只是平淡地接過扇子，而後再次展開。

她已見過這把玉扇三次了。

就算不認得這把驚人的玉扇，但扇上所繪之絕代佳人卻是讓人怎麼也忘不了的。

「想要我認什麼？」她啪一聲地合上扇子，「有沒有見過這女子？」她乾脆地搖搖頭，「沒有。」

「沒有？」黯然掠過旻杉眼中。

「沒有就是沒有，像這般絕世風華，看過一眼就不可能忘，肯定是沒有。」她還特地裝作很遺憾的樣子。

雖然她不喜歡說實話，但別人拿著一張想像中的美女圖來騙她，她還不至於分不出來。

沒有女人會長成那個模樣，除非是天上仙女下凡。

而且她已經見過這個畫像三次了。

一次是在她五歲，另外兩次分別是在她十一歲那年和現在。

她仔細地回憶著，每次好像也都是兩個主從打扮的人出現。

「那麼……」旻杉提出另一個問題，「妳有沒有看過類似的小姑娘額上有像她一般的硃鷹胎記。」

硃鷹胎記？

這美人兒最搶眼的部位就是額間有個展翅紅色老鷹，有雪白的肌膚作襯底，漂亮得令人咋口，不過……找這個標記幹嘛？

還不死心？要不是騙人要人，那就是癡人，莫非他覺得無魚蝦也好，連有個類似胎記的也行！

這些人全都是怪胎，又奉她為龍王聖女，蒼生全都瘋了不成，「當真是眾人皆醉……我獨醒嗎？」她喃喃自語著。

「什麼？」他深怕漏聽了什麼。

「沒什麼。」

既然他執意要找，她就也給他個指示吧！

她擰起眉頭。「好像有點印象……」

旻杉的心為著希望狠狠地抽搐著，他心愛的公主……

「在什麼地方？」

不曉得什麼原因，看見他這個樣子，文文居然覺得心中酸楚。

甩甩頭，她很快就甩掉這個想法，「我記得也不怎麼清楚，好像是往西走了，好幾個月以前的事情，你們要追就得快些，否則就找不到了。」

此刻，她只想趕快遣開這兩個男人，遠離這種奇怪的情緒翻騰。

「謝謝妳，小姑娘。」

旻杉匆匆道謝之後，就轉身要離開，看得出來他心急如焚。

已經十七年了，再拖下去就超過長老交代的時間，再也找不回公主，叫旻杉怎能不心焦呢？

「陛下，等等。」胡勤拉住了旻杉，「這件事兒有點不對勁……」

有沒有搞錯，找了十七年，如果連這次一起算下去，他們一共得到三次公主的消息，沿著這高山大洋來來回回找了這麼許久，也三遍了，一次是往東，一次是往南……這回難道又要叫他們往西嗎？

要是時間夠的話，下回碰到說不定就要叫他們往北去找了，可是期限在即，哪有那麼多的時間瞎撞呢？

旻杉也發覺事有蹊蹺，事不關己，關己則亂。

「小姑娘，妳可是誆我？」

被看穿了？

可憐她一片苦心，違背「良心」說出這麼善意的謊言。

文文不置可否地聳聳肩。

「上兩次也是？」

「上兩次也是你們？」文文不相信地搖搖頭。

的確，上兩次他們得到消息都是遇上一個女娃娃，幾年之後，孩子長大了，當然面貌也大有不同。

「不可能的，怎麼可能？上兩次她遇到的可是兩個大叔……」

文文沒發覺自己已經長大了，但這兩個人沒變老也是不合常理，也難怪她不敢相信。

「太過分了。」胡勤忍不住氣怒，「妳怎麼可以對我們說這種謊呢？害我們花了幾年走冤枉路，時間又緊迫，眼看著期限就要到了……」

「停。」文文伸平雙手，阻住胡勤嘰哩咕嚕的埋怨，「我知道，任誰看到這個美人，都會想要將她找出來，可是……」她嘆口氣，「你們也不想想看，這個美人經過了十多年，現在是什麼德性？你們難道喜歡見到美人遲暮嗎？」文文將扇子還給旻杉。

「敢情妳還有理？我……」胡勤口沫橫飛地怒罵。

「胡勤，好了。」旻杉嘆口氣，「好在已經發現上當，省了五年。」

每找一回至少得花五年，只是……

哪裡還有一個五年讓他們浪費呢？

就剩下最後一年了，想到這兒，不由得旻杉揪緊了心，痛得倒抽口氣。

「小姑娘，妳真的沒見過這個硃鷹記號？」旻杉指著玉扇。

她抿起唇瞪著他。

「就算類似的也行，妳想想看。」只要還有一絲希望就不放棄，旻杉是個鍥而不捨的人。

「一隻展翅的紅色老鷹？」文文沒來由地心痛一下，「就和那個女子一樣，任誰見過這麼美麗的印記都不會忘記……」

她的語意很清楚了，沒見過就是沒見過。

再次落空？旻杉頹然閉上雙眼。

不但沒找到人，連紅長老的蹤跡也沒找到，白白浪費了這十幾年。

他的臉部雖然仍沒有表情，但起伏不定的胸膛讓文文能感到他極大的痛苦和失落，她也禁不住眼熱鼻酸，不忍地別過頭去擦去沁出眼角的淚水。

這個習慣真不好，人家要哭她就跟著哭，明明就不關她的事。

「對不起，我有點事得要先走。」文文深吸口氣，平復不穩的心情，「你們要是還有別的事，或是不相信姑娘我的話，再走不遠就是我們的村子，有很多人家可以讓你們問，還可以找個地方留宿。」

那個女人是誰？

能讓他如此魂牽夢縈，想必定不只是因為她那沉魚落雁的姿容吧？

想到她從小聽村裡耆老轉述的話，想到那個「漲潮變成退潮」，文文覺得村裡的老人未必說的就是實話，說不定會告訴他們更離譜的也說不定。

誰曉得呢？

第二章

「婆婆……」

文文扯直了喉嚨叫著，「婆婆……」

文文住的「海福村」是個靠海村落，但村子西方卻傍著座山，而這座小山，與其說是山，倒不如稱為小丘，更為恰當些。

她四處張望，一面叫喊，手上還抓著一個油紙包。

「婆婆，文文來了，快點出來陪文文說話。」

毫無動靜。

「跟我玩捉迷藏？」文文嘆口氣才又繼續，「我都已經這麼大了，不想再玩小孩子遊戲了，趕快出來吧！」

文文口中直喊的這個「婆婆」，就住在這個小丘上的小屋裡。

老婆婆是她從小到大最要好的朋友，村子裡的人全當她神聖不可侵犯，就婆婆拿她當「人」看，所以婆婆對文文是很重要的存在。

只是婆婆的玩心很重，有時連文文都快要招架不住，很少看見這麼精力充沛的老人家。

「婆婆，您的年紀也不小了，這把年紀怎麼不收收玩心？還在玩小孩子把戲？」

她穿過竹屏風邊找邊喊。

「婆婆，也不怕有人看了笑話？真的有人會笑喔！」

「誰敢笑話我？」

聲音居然是從屋裡的大米缸裡傳出。

文文無奈地苦笑，緩緩走到米缸面前俯視著米缸，「看到的人自然就會笑囉！看，我都快忍不住笑出來了。」

米缸發出悶悶不樂的聲音，「真的嗎？」

文文打開米缸蓋子，「當然是真的。」一面對著裡頭的人，她展露出牙齒，故意展現大大的笑容，「喏！我已經開始在笑了。」

「好了，好了，我馬上出來，妳不要再笑了……」

跳出來的是個比文文身材更為嬌小的老人家，要不是這樣，恐怕也沒辦法躲進米缸裡。

她俐落地從米缸躍起跳出，沒有半點龍鍾之態。

她穿的布衣顏色不白不黃，看起來像是被洗褪色的紅布，眼睛是褐色，頭髮也是半紅半褐，窗外的一線陽光透進來折射在她身上，隱隱閃著紅光。

「文文，萬一婆婆我被人嘲笑的事讓另外那三個老不死知道，豈不被教訓半天，又罵我沒半點長輩架子……」

文文沒理會婆婆嘟囔，反正聽了也不懂，她常常會一個人自言自語，直罵著三個老不死的，好像她一直有三個同伴陪著。

其實從文文懂事以來，她就見婆婆是單獨一個人，哪裡來的三個同伴？可能一個人住太無聊，所以才會幻想出幾個朋友，還說自己得謹言慎行，免得被另外三人抓到把柄，要她幫這幫那的，藉機使喚她做事。

照理說，老人家應該是滿頭白髮，就算是保養得當，如今也該灰白青絲，像她這樣的情況，倒是少見。

奇怪的是，看起來並不特異，反而還挺搭調的。

「婆婆，妳雖然身體好，但也不能把自己窩在米缸裡，萬一閃了筋骨怎麼辦？」文文認真地數落她。

她的關心之意溢於言表，婆婆聞言便紅了眼睛。

「不許哭，哭了眼睛就紅得像小白兔了。」

「小白兔？」老婆婆眼睛一亮，反而像是高興了。

「哭得眼睛紅得發亮，走在路上不被人當怪物才怪。」

「怪物？這樣不好，不好不好，我早一萬年前就榮登仙班，不是怪物了。」

「又胡說什麼。瞧！」她遞出手上一直拿著的紙包，「我帶了妳喜歡吃的紅豆糕來，快吃吧！」

這個紅豆糕是她跟隔壁村子的聖女銀子買的，她的手藝一流，可惜視錢如命，真的是人如其名，死愛銀子死愛錢。

「好棒！」她抓起紅豆糕就往嘴巴裡放，「婆婆我不會閃到腰的，我身體比妳這種小姑娘好得多。」

「是喔。」

婆婆口齒不清地埋怨，「最近都不來看我，我想妳想得緊，妳好不容易才來，我當然得先想點遊戲玩玩，躲在米缸裡，妳連想也想不到，更別說抓到婆婆我哩！」

這個老頑童！

文文笑著搖搖頭，已經懶得問她怎能未卜先知曉得她會出現，她解釋得太玄奇，恐怕也很難懂。

玩心特重的婆婆，是尋常人畢生難得一見的智者，也是一位異人。

「總之，下回妳就別太早躲進去，等到文文快到的時候再躲行不？」

「嗯！」

她咀嚼著紅豆糕，滿臉幸福洋溢的神情，是個很容易知足的長輩。

「就算不會閃到腰，老人家躲太久筋骨痠痛就不好了。」

「只有文文對婆婆好……」像是突然想起什麼似的，她緊張地抓住文文的手，「妳答應婆婆一件事……」

文文被她慎重的神色鎮住了。「什麼事，婆婆？」

「妳先答應我……」紅婆婆耍賴地拉住她的手，「先答應我。」

「婆婆，怎麼了？發生什麼事了？」

什麼事這麼嚴重？

「婆婆從來沒有拜託過妳什麼事，就只這件事，文文一定要答應婆婆。」

她還是不說，硬要文文先答應了才行。

「好啦！婆婆是絕對不會害我的，要答應什麼都行，妳現在可以說了吧！」

紅婆婆目眶一紅，突然一把抱住文文，「答應和婆婆永遠在一起。」

文文忍俊不住，「原來是這個，有什麼好緊張的嘛！」她安慰地拍拍婆婆背後，「文文想都沒想過要離開婆婆呢！」

「是嗎？」

如釋重負，紅婆婆閃著淚光的眼睛綻出一絲笑意。

「婆婆很捨不得妳，這回可不許也被英俊小夥子拐抱喔！」

「也？」

「嗯。」婆婆用力點了點頭。

呵，乍聽起來好似曾有一個姑娘被人騙跑害得婆婆很傷心，文文心裡這麼想著。

「我什麼時候認識過英俊小夥子來著！」文文指著自己可愛有餘，美麗不足的臉龐，「就算認識英俊小夥子，他們愛的也是漂亮的黃花大閨女，不會是神廟裡的小孤女。」

「這可不一定。」

紅婆婆有了她的保證之後，才安心地放開文文，回來吃她的紅豆糕。

「文文，妳要乖乖地待在婆婆身邊，我才可以隨時保護妳。」

「我不會有事的，不用保護。」

婆婆卻彷彿陷入回憶中，眼中迷茫，如陷迷霧，「就怕妳見到帥小子也變卦，整個人被他迷了去。」

「才不會呢！」

婆婆伸出手指來點著小文文的額角。「怎麼不會？我的公主當初也說不會，後來還不是一樣被那壞小子拐走……」婆婆傷感地閉上嘴不語。

說什麼？

「最近婆婆說的話，文文都有聽沒有懂。」

「不懂算了。」

「一直說英俊小子什麼的，我是龍王聖女，不會有人這麼大膽敢動龍王聖女的腦筋的。」

「也對，要不然也不會等到現在還嫁不出去。」

「婆婆，妳這樣說就太過分了喔！」

「嗯，如果龍王陛下本人顯靈，出來娶了文文，那麼文文就成了龍王的妻子……」

「不不，龍王是千年老妖怪，嫁給他也不是件好事吧！」

「龍王不是妖怪，他是神仙。」

對文文來說，神仙跟妖怪沒有什麼兩樣。

「總之，等我到了十八歲，龍王大人那兒要是一點消息都沒有，我就可以自由了。」

「妳怎麼知道龍王那裡不會有消息？」

「拜託，婆婆，這放眼望去有一大堆龍王聖女，就算龍王陛下真的現身好了，他能娶那麼多人嗎？難不成龍王陛下不出現，村民們要把我五花大綁丟到海裡當龍王新娘嗎？」

村民絕不會把她推落海底淹死去嫁龍王，這點文文倒是很有把握。

「哼哼。」

「婆婆，就算不嫁龍王，等我過了十八歲，有誰要娶一個老姑娘啊？所以文文可以陪妳一輩子。」

「沒關係，婆婆幫妳準備多一點嫁妝就有人娶妳了。」

「喔，妳實在很過分，既然說我要倒貼嫁妝才有人娶。」

文文鬼叫鬼叫，但是心裡很清楚，就算有人願意娶一個老姑娘，恐怕得要倒貼某個程度的嫁妝。

提到嫁妝，這就傷感情了，文文所有的財產都是屬於神廟的，也就是……萬一她失去了聖女的身分，也就失去了掌控神廟財產的權力；誰會娶一個一文不明且姿色平庸的「前任」龍王聖女呢？

她已經有心理準備當老姑婆了，就算終身和婆婆為伴，那也沒什麼不好，對文文來說，沒有比和紅婆婆相處更快樂的事了。

「婆婆年紀大了，應該是文文保護婆婆才對。」

「我保護妳。」紅婆婆口齒不清地說。

文文過去執起茶壺倒了杯茶，「別吃得太急，先喝口茶。」等紅婆婆接過水，她繼續說。「況且，文文又不是那種絕世大美女，又怎會遇到危險？」她想起那玉扇上的美人，「美若天仙的女人才有危險，要是真的長得那麼漂亮，再來擔心吧！」

紅婆婆凝神瞅著她，「妳還嫌自己長得不夠美？」她握住手中的茶杯。她認真地令人發噱，好像以為文文是個絕代佳人，文文不禁笑了起來。

「婆婆，這句話可別給別人聽見，人家會當您老王賣瓜，自個兒讚瓜甜。」她可愛地托起桃腮，「文文這副尊容怎麼可以說是美？真正的美貌，就得像剛才那貴公子持的玉扇中美人，那才是閉月羞花之容。」她雙手努力地揮舞著，強調著她不能盡書的美貌。

「玉扇美人？貴公子？」紅婆婆也興奮起來，「發現了什麼新鮮事，快點說來聽聽。」她捧著茶杯，還來不及喝一口。

文文將適才遇見旻杉經過大略形容了一下。

「穿著白裘的英俊公子？是不是有種陰柔之氣？」

「嗯，很少看見有人長得那麼好看，而且不是英氣過人那種，又不會看起來女孩子氣，感覺很微妙。」

笑容從老婆婆的臉上褪去，一件在文文眼中看來還新鮮有趣的事卻使得婆婆變了臉色，心思好似也飄向遠方，眼睛透過自己不知道在看哪個方向。

「婆婆，婆婆……」文文不得不叫醒她，「您什麼時候練成睜著眼睛睡覺的功夫？」

「沒什麼。」為了掩飾不安，她端起茶杯到嘴邊，「那個扇上美人生得什麼模樣？」

「很難形容……」文文想了想，「對了，她的額上有隻展翅的老鷹……」

紅婆婆一口茶嗆出來噴了老遠。

「咳……」

「怎麼這麼不小心。」文文趕緊用手拍著婆婆胸口，「茶也不燙啊！先順順氣來。」

「好了，好了。」婆婆隨意地用袖子擦去嘴角的水漬，「妳再說下去。」

「她那紅色的唇映著硃鷹，說有多麼美就有多麼美……」

文文一臉沉醉樣子，看得紅婆婆心驚不已。

「我知道。」紅婆婆反常地打斷她，「說說那個貴公子吧！婆婆想知道關於那個公子的事。」

婆婆怎麼會知道？

看她的樣子……好像見過那美人兒似的。

「長得比文文好看幾百倍，男人有此相貌實在太不應該了……」她仍是副深受刺激的樣子。

婆婆再次打斷文文的嘀咕，「他有沒有告訴妳……叫什麼名字？」

「本來是沒有的，可是我有逼他說……」

婆婆急得從椅子上立起來。「他怎麼說？」

文文驚訝地看著已經跳至椅子上頭的婆婆。

她從來沒見過婆婆這樣子過，不但臉上嚴肅得沒有半點笑容，就連身體髮膚，似乎都較平常更紅，整個人發出紅光。

文文不由自主地吐出，「胡旻杉。」

這三字一出，婆婆整個人就像洩了氣的皮球似地軟了下來，直落座在椅上癱軟無力。

「該來的還是來了，他也得到消息了嗎？居然能找到這裡！」

「什麼該來？」

婆婆逕自問她，失去了平常那種自如的表情，使人好奇她與這主僕的關係，「妳怎麼對他們主僕倆說？」

「我告訴他們，我看見那個美女往西走了。」

「太好了……」紅婆婆歡呼。

「可惜被識破了。」她很不好意思的笑笑，想她說謊的功力居然也有被人識破的一天，實在汗顏，「能識破姑娘我的謊，可見此二人絕不是泛泛之輩。」她搖頭晃腦地說道。

才展露在紅婆婆臉上的喜色竟那麼快就消逝。

「被識破了？」她的語氣十分沮喪。

「結果他們就改問我別的……」她瞇起眼睛回想，對於他們問的問題還是不太瞭解，「想知道有沒有見過額上長著鷹形胎記的姑娘。」

婆婆又急了，「那妳怎麼說？」

「當然是說沒見過啦。」

「真的沒有？」

怎麼連婆婆都不信了？

「難不成我這次還要說謊騙他們嗎？」文文聳聳肩，「不是我不說，只是這回說了也沒有人會相信，他們對我已有了戒心，可能連我剛才說的話都不太相信，說不定還會到村子裡打聽、打聽。」

「糟了，引他們進村子了。」婆婆想了想，又再度問文文，「妳真的沒見過那個鷹形胎記？」

文文見婆婆還用著那種懷疑的眼光看著她，連忙辯解，「我真的沒見過有那種記號的姑娘，我不會連婆婆也不說實話的。」

「也不是沒這種記錄。」紅婆婆悻悻地說。

「這次是真的沒有。」文文嘆口氣，「偶爾想做誠實的孩子也不容易，真是世風日下。」

「真笑掉別人大牙了，這句話還是留給別人說比較合適。」

「真的。」她舉起手，「我發誓。」

紅婆婆看她這個樣子也覺得好笑，「好吧！」她盯住她直看，「我就相信妳這一次。」

「婆婆，妳認識那個姑娘？我也好想看看她，我真的沒見過她。」

「我知道妳沒見過她，婆婆也想看這個姑娘，如果妳聽見有人有這個姑娘的消息，一定得先告訴婆婆。」她鄭重地拜託著。

「她是誰？」文文真的很好奇。

紅婆婆現在被文文帶來的消息攪得心煩意亂，哪有心情詳述當年的往事，隨意揮手就想打發她，「等婆婆有空就告訴妳。妳呢，就在旻杉主僕二人在海福村這段時間，多替婆婆注意他們的行動，有什麼動靜都來告訴我。」

文文點頭，她看得出來，這個姑娘對婆婆好像也很珍貴。

「瞧吧！」文文酸溜溜地開口，「美人兒對別人的意義就大得多，幾乎每個人都覺得她很重要，如果長得太平凡……就算出生的時候風雲變色，要不然漲潮變退潮，天雨放晴，也還是沒一點用處。」

「小丫頭，妳胡說些什麼啊！」

「唉，還是長得漂亮佔便宜，大家都是以貌取人啊！沒想到婆婆也是這種人……」

婆婆輕敲了她一記，「再說是想討打嗎？」

文文抱頭鼠竄，故作哀怨地走到銅鏡前坐下，她望鏡興嘆，「先天不良，後天就難補救。」

這逗趣的舉止讓紅婆婆緊皺的眉頭舒展，笑容又浮上臉面。

＊＊＊

文文本來是準備在紅婆婆那兒待久一點的，不過……

自從聽了胡旻杉主僕之事後，紅婆婆就心不在焉地陷入冥思境界，文文只好早些離開。

從紅婆婆那兒出來，走著走著就到了山崖。

反正在小村落就是這麼一回事，繞來繞去都是那幾個地方。

文文站在崖邊，從上往下看，深不見海底，海浪拍打著崖邊，好不嚇人。

「好可怕啊～～～」她對著底下大喊。

雖然險峻，但文文也差不多習慣了，這兒就是她平常開壇的地方，從小就對著底下的潮汐「跳舞」，還曾被風吹掉下去幾次呢！

幸好都有貴人相救，保住一條小命。

如果村裡的長輩知道她一直把開壇的儀式稱為「跳舞」，可能會當場嘔血。

「文文……」

「敖哥？」

山崖上只有她一人，卻聽見聲音。

只見文文立刻趴下來，半身移往崖外往下看，崖上的風很大，情況是驚險萬分。

「快退回去，小心別掉下來。」從崖下傳來清楚的斥責聲。

「是你上來，還是我下去？」

她不但不聽勸告，還一逕地向前移動，像隻小蝸牛一樣爬行。

不！既然在海邊，還是說是像「烏龜」比較適當。

「下去？」只見崖下的人提高聲音，有種不敢置信的感覺。

也是，尋常人跳下去，鐵定就沒命了，她以為她是誰，有幾條命可以這樣玩？又不是九命怪貓，只是一個神廟小孤女罷了。

「停！我馬上就來，文文，妳給我起來站好。」

仔細一看，這才發現黑黝黝的海裡翻滾著如蛟龍般的身影，然後由海浪中一躍而起。

「呵呵，好。」

那身影快速俐落地爬上崖頂，險峻而滑溜的崖壁對他似乎完全不造成困擾。這身著黑衣的英俊少年原本不是在海底的嗎？居然身上看不到一點濕氣，誠懇熱情的臉上也不見任何一顆水滴。

他的動作之快令人咋舌，文文都還來不及遵照他的吩咐立正站好，就被已經立在她身後的黑衣少年拉住腳踝直往後拖……

「好了，好了，我就站起來了，別再拖了……」文文一連叫了好幾聲。

表面上雖是這樣，其實心裡仍在想：被拖著跑也蠻好玩的。

「是嗎？」他停下來瞪了她一眼，「我怕妳不小心掉了下去。」

「有什麼關係？就算掉下去，你也會救我的，不是嗎？」文文涎著臉笑著。

這個人就是文文每回掉下海後，就會及時來搭救的「貴人」，文文只知道他叫龍敖，平日就稱呼他為「敖哥」。

「姑娘，我可不是一天到晚沒事做，就閒著光是當妳的私人護衛好嗎？」他緊蹙著眉頭，「妳知道海底有多少礁石嗎？妳從這麼高跳下去，就算是龍王也很難救妳。」

「可是你以前不是都救得成？」文文不信地皺皺鼻子。

「妳……」

「何況龍王又不是我的私人護衛，怎麼有空來顧我？」文文故意順著龍敖的話答著，「況且……」她大大的眼睛滴溜溜地一轉，「我有了你，還要什麼龍王？」

「蒙妳看得起了。」

「總之，龍王只是開壇時要請的神而已，誰知道是真的還是假的？龍王和龍敖比起來算哪根蔥？」

蔥？

龍敖苦笑搖頭，「真拿妳沒辦法！這是龍王聖女該說的話嗎？龍王真是不幸啊！」

「聖女？」她認真地想了想，「快要不是了，滿十八歲就解脫了。」她眼中有著夢幻的霧氣，「好好，好幸福喔……」這是她的口頭禪。

解脫？龍敖聽得快吐血。

「算了！」他嘆口氣，「告訴我最近有什麼好玩的事情吧！村子裡沒什麼煩心的事吧？」

「好啊！」文文一打開話匣子就停不下來，「也沒什麼新鮮的，還不就是那樣……」

龍敖坐在一旁聽她絮絮叨叨地說著瑣事，明明知道可信的不多，但他仍是微笑地注視著她開朗的模樣，聽著小女孩的說法。

她要是能永遠那麼幸福快樂該多好？

他願意付出一切代價保住她純真的笑容。

文文就像一個可愛的妹妹一樣安慰著他寂寥的心。

他的身分很高，位於高位，處於萬人之上的負擔是沉重的，就因為如此，他更希望文文能夠永遠沒有煩惱。

要是她這輩子都待在神廟中，他就可以保護她一生……

但是，十八年的期限快到了，真有那麼如意嗎？

龍敖有不祥的預感。

第三章

「這位老兄，請問神廟該往哪兒走呢？」

胡勤攔下一位剛打漁回家的村夫。

他們剛剛得知，這裡除了神廟之外，沒有可以讓外人住宿的客店，已近黃昏，問明了地點，他們就急著往神廟裡趕。

不知道還會見到那個小孤女嗎？

龍王廟是個很奇怪的建築，居然有兩個大門，好像是兩間小廟連在一起，旻杉在其他村落沒見過這種廟宇。

他想了想，抬手示意胡勤往右邊那個門去。

「有什麼事嗎？」

門邊站著一位白衣服少女，精靈可愛，卻不是文文。

一模一樣的聖女打扮。

旻杉主僕兩人不禁一愣。

怎麼？這個村子有二個龍王聖女！

「生面孔？莫非是要借住一宿？」她露出生意人的笑容，「還是打個尖？」

慢著！這個聖女雖然打扮大致和文文相同，但她的衣服上多了好幾個補丁，好像穿很久了，雖然破舊卻很乾淨。

「請問……妳是……」

「我是龍王聖女。」她指指自己一身衣服，「看打扮就知道了呀！」她不在意地扯了扯身上的補丁，「只不過比文文的衣服稍微破了一點……」

「文文？」

「文文是海福村的龍王聖女，我是海祿村的。」她繼續說，「衣服補一補也還能穿，就算是龍王聖女也要節省經費，多賺一點錢才好，門面就別那麼注重了吧！不過廟裡可不能太破，否則就不能賺錢了。」

老天！她還想把廟產當作營利事業來做呢！

「原來這是兩間廟連在一起。」

「不是建築奇怪，是聖女奇怪！怎麼這個地區的龍王聖女都是怪人？」胡勤嘟嚷著。

「姑娘……」

「叫我銀子就好！」她拂了拂身上的衣裙，「不要叫我姑娘，也不准叫我聖女什麼的……」

她臉上露出嫌惡的表情，可見和文文一般討厭這個稱呼。

「哈哈哈哈……銀子？」

旻杉忍俊不住，這視財如命的姑娘叫「銀子」，真是人如其名啊！

「喂！你們到底要不要住呢？」她不耐煩起來。

這麼可愛的姑娘一副討債鬼的樣子真是不相襯，旻杉禁不住這麼想。

「那隔壁的文文……」

「你們要住文文那兒也行……」她開始自言自語，「文文的廟像垃圾堆一樣，她懶得整理，你們還是得付她清潔費，她到時候也是付錢請我整理，吃飯也是付我伙食費……」

「算了，算了……別那麼麻煩，我們還是住妳這兒就好了。」

「嗯，算你們聰明。」她點頭，「你們得先付訂金二兩……」她突然停頓下來，視線越過他們直視後方，「文文？」她瞇著眼大喊，「妳回來了？」她大力地揮著手。

旻杉回頭，天色雖已暗了，他還是看得很清楚，確是那個愛說謊的懶鬼文文姑娘，此時她正蹦蹦跳跳地衝過來呢！

混身髒兮兮的，就像個玩了一天的頑童，不復早晨見到的清新。

「龍王的聖女怎麼全是怪模怪樣的？他應該出來大力整頓一番才是。」胡勤喃喃地說著，「一個是錢鬼和討債鬼，要不就是懶鬼兼頑皮鬼，還加上愛說謊的壞習慣……」

「別多嘴。」旻杉制止他。

「實話也不許說……」

文文此時已奔至他們面前緊急煞住立定，「噢！你們到了。」她睜大圓亮的眼睛，這是她臉上最生動的景致，事實上，她的臉也髒得看不出真正的長相了。

貪玩的聖女，一身灰撲撲的塵土，身上的裝束也看不出來原先的雪白清潔，這真的曾是白色的聖袍嗎？

「哎呀！」銀子一手執住骯髒的衣角大喊，「妳看看……這麼髒，很難洗的。」

「我知道，我知道……」文文好似已經習慣了，「妳又要加洗衣費。」

她搖頭抱怨，「妳也看在我們是好朋友，要不就看在同為龍王聖女的份上，打一點折扣，不行嗎？」她討價還價著。

「當然不行，親兄弟也得明算帳……」她眼睛骨碌碌一轉，「除非妳有什麼貢獻。」

「貢獻？我付的銀子還不夠多嗎？妳這是聞雞起舞！」

「什麼叫聞雞起舞？」胡勤參上一腳。

「耍劍（賤）！」銀子迅速地回頭，然後轉頭對文文吼：「妳好過分，敢說我要賤？」

「我哪有？」文文無辜地說，「我說的是……聞、雞、起、舞。」她一字一句地清楚說著，嘴形清楚地張大著。

唉！連聞雞起舞都出現了。

這樣讓她們說下去可沒完沒了。

這樣他們還要不要休息？明天他還得再打聽公主的下落呢！旻杉當下決定打斷她們。

於是他移站到她們中間。

「妳好，又見面了！」旻杉朝她點頭，試圖轉移她們的注意力。

「你決定要住哪一間了沒？」文文問得倒是直截了當。

旻杉指了指銀子，這樣文文應該明白了，他想看看文文的反應。

「嗯，不錯。」她笑得挺開心的。

生意被搶的她竟然這麼說，讓旻杉覺得很驚訝。

不過，才一眨眼功夫，沒想到姑娘她居然轉向銀子，「這兩個人是我介紹來的，我先見著的，妳要付仲介費。」

「仲介費？」銀子大吼著。

「這高招是跟我家鄰居學的。」文文得意地笑著。

「她家鄰居?」胡勤納悶。

四周除了這兩間廟，還有什麼人家?

「別說話。」旻杉微笑，他也想知道銀子會怎麼應付。

「算了，要妳錢像割妳肉一樣，就抵洗衣費好了，我很大方的喲!」她嘻嘻笑著。

「妳……」看銀子的臉色都快被氣炸了。

「還有，這邊太亂了，我可是有付清潔費的呢……」她指著自己的小廟，「如果亂到沒有人寄宿的話……」她假意低頭沉吟，「我就要扣妳清潔費!」

「扣錢!」銀子幾乎等於在尖叫了。

「對!」文文故意將頭靠到銀子面前，「扣錢!就是這兩個字。」她慎重其事地再說一遍，「扣、錢!」

「妳自己弄亂的!」

「我要是不弄亂，幹嘛要付錢請人整理?而且還是付給一個海盜。」

「敢扣我錢?妳才是海盜!」銀子快氣炸了，居然有人打她錢的主意，「妳明知道我最痛恨海盜了。」

旻杉一眼就看得出她嚇唬銀子，又在說謊!但銀子好像蠻緊張的，文文聰明得曉得利用人的弱點下手，算有些小聰明。

「噢，我現在要先洗個澡，銀子姑娘……妳替我燒了水沒？」而後，她轉而對旻杉主僕二人笑笑，「至於兩位嘛！我們待會兒再見囉……」

「待會兒再見？」

「我是有付伙食費的。」她挺了挺胸膛，一副有錢就是大爺的樣子，「吃飯時再見了！」一邊還絮絮叨叨地笑著，「好好，好幸福喔，一回來就有熱水洗澡，待會兒還有東西吃！好好，好幸福……」

「小心我下毒毒死妳！讓妳死得也很幸福。」她恐嚇文文。

「不怕，不怕！」文文拍拍胸口，「毒死我？妳會少了很多錢賺，銀子姑娘才不會捨得呢！瞧，我不怕別人毒，好好，好幸福喔……」

話才說完，文文就瀟灑地飄進她那間小廟中，那個跩樣，看得旻杉啼笑皆非。

「跟這種人生氣是活受罪！」銀子喃喃自語地說著，「算了！」她伸手向旻杉，「拿四兩銀子來！」她簡單明瞭地說道。

胡勤驚訝，「剛才不是說二兩？」

怎麼一下子就多了一倍出來？

「要怪就怪裡頭那個怪物！」銀子翹起指頭向著海福村的龍王廟，「你們是她介紹來的，介紹費當然得你們出，難道沒聽過……羊毛出在羊身上嗎？我是從來不做虧本生意的！」

碰到這種姑娘，就算旻杉也得乖乖認栽。

「胡勤，就照銀子姑娘的意思辦吧！」

主子一聲令下，胡勤怎敢埋怨？所以立刻拿了錢給她。

「嗯！」她將銀子在手中掂掂重量，不覺有誤，「跟著我進來……」

旻杉才剛走進，胡勤正要跟著進來時……

「等等！」她大叫。

胡勤立刻抽腿，害得他差點一個沒站穩，就跌了下來，幸好旻杉眼明手快，上前一步扶他一把。

「又是怎麼了？妳這姑娘好囉嗦！」

「你的靴子這麼髒，得在門外先弄乾淨，否則……」她斟酌了一下，「我就要另外加清潔費。」

「是的，小姐。」胡勤無奈翻翻白眼，當作無言的抗議。

住宿是選「髒店」？還是選「黑店」好呢？

旻杉覺得好笑，一面跟著她進去，這間龍王廟雖然小，但是整理得很乾淨，只不過……

神案上的那位龍王，怒瞪著雙眼，還生得一臉落腮鬍子，簡直就像無惡不作的江洋大盜，比起真正的龍王大人，不知兇惡多少。

「虧妳還能跟這尊像……在一起生活了這麼多年！」旻杉挺同情她的，「天啊！快十八年了呢！」

聖女的年紀都差不了多少。

「什麼？」銀子怔了一下，然後見旻杉的視線盯著神像，「噢！那個啊……只要少看就好了，否則嚇死我不負責。」

龍王不知道曉不曉得自己被人塑造成這許德性？旻杉憶起俊逸的龍敖，這像……差之何止千里？

「其實嚇死客人也有好處，看你們好像挺富有的，說不定我還能繼承你們的遺產，白花花的銀兩……」

銀子陷入美妙的幻想中。

「夠了！」旻杉大笑，「妳的意思……我已經很明白了！」

這孩子連死人錢都想賺就是了。

「本來我們廟裡是沒有神像的……」銀子細說從頭，「只不過有一天村裡的長老突然想要塑個龍王像，就叫我和文文一起看看龍王長什麼樣子？」

「和文文一起？」

「是啊，那可是我們海祿村和他們海福村第一次交流呢！」

「結果呢？」胡勤聽得入迷了。

「結果……」銀子聳聳肩，「誰知道龍王長什麼樣子？叫我開壇也不怎麼管用，我都看不見啊，一次也沒看見過，最後還是文文……」她走到神像前頭拿了一張不知名的東西，「她說她看見了……喏！」她拿起來給胡勤觀賞，「還畫了這一張。」

「天啊！」胡勤瞪著那幅圖畫低喊。

旻杉也看見了，雖然這只是小孩子隨意塗鴉，看得出是文文小時候所畫，但這個「龍王」長得遠比神案上的塑像來得猙獰可怕千萬倍。

又在胡來了！

「我肯定她沒有見過龍王。」旻杉很嚴肅地說。

「你是說她……說謊？」銀子半信半疑，「雖然她是常常嘴巴不太老實，但是……」她疑惑地皺起眉頭看他，「你見過龍王？」

「沒有，當然沒有。」他反射地否認。

「要不然你怎麼知道她沒見過？」她將他一軍。

旻杉接過胡勤手上的圖，「妳看，一個小孩若是突然看見長成這樣的人，不嚇死也去了半條命，怎麼還有辦法回來正常地畫圖給你們看呢？」

「說的也是，但是……」她用食指點點額頭，「文文不算正常，正常這兩個字不能用在她身上，對了！」她突然驚叫，「說不定就是被龍王大人嚇到，所以才這麼不正常，說話總是顛三倒四，行事詭異，動不動就覺得好好，好幸福……」

她想著想著就失神了。

旻杉只好打斷她，「小姐……」

「嗯，以後她要是惹到我，看在被龍王大人嚇到的份上，我就原諒她好了，只要她準時付錢就行了，這世上哪有這麼多好幸福的事？還是銀子存多一點才有保障。」

龍王廟裡雖貴為聖女，其實都是被父母拋棄的孤兒，銀子突然同情心泛濫，多有感觸。

「小姐……」旻杉又開口了。

突然，她上前大吼一聲，「什麼事？」

旻杉驚得倒退一步。

怎麼這兩個龍王聖女都很異常。

「我想請問……」他由懷中掏出那把玉扇展開，趁現在問她一問，有沒有見過扇上女子。

「扇子？看起來一般，想抵住宿費？」嫌貨才是買貨人啊，銀子故作為難地伸手去接，「本來我是不收流當品，不過你們跟我還蠻投緣的，我就勉強收下，這個玉扇再加上剛才你們給的訂金，應該是夠抵帳了！」

「拜託，」胡勤當場呻吟起來，「這買下幾十間這種小廟都綽綽有餘，妳這小姑娘真可謂奸商不為過。」

「我們會付清的，不會拿東西抵押。」旻杉露出微笑仍保持禮貌，「銀子姑娘，在下是有件私事想請問妳。」旻杉將玉扇扇面遞到她面前，「妳可曾見過這扇上所繪的女子？」

銀子一見圖上所繪的美貌女子，不由得驚得倒吸一口氣，「啊……」

「怎麼了，妳見過？」旻杉急切。

她是見過。

銀子嚇了一跳，這圖怎麼跟她在藍爺爺那兒看過的美人圖一模一樣。

這兩個人是怎麼得到這幅圖畫的呢？

銀子抑下震驚的神色，木然地看看旻杉，然後將視線瞟向胡勤身上的錢袋。

旻杉是明白人，自然曉得她的意思。

「胡勤，把銀兩拿給銀子姑娘。」

胡勤毫不遲疑地掏出銀子給她，「諾，請收下！」

他的心情和陛下一樣緊張得很，公主就要找到了嗎……

「謝謝。」看到錢豈有不收的道理？

「怎麼樣？」

「沒見過！」

「沒見過？」胡勤提高聲音，「那妳敢收我們的銀兩？」

他掄起拳頭。

「想打人？我可不怕你！」銀子很不高興地瞪他，「我不是已經回答了你們的問題嗎？而且……沒有什麼銀兩是我不敢收的。」

除了假錢之外！

「胡勤，不要為難她。」

旻杉嘆口氣，他是沮喪，當然不是為了銀兩的損失，而是希望的破滅……

「她太過分了！」

「算了。」

銀子冷哼。

「對不起，銀子姑娘，我代他向妳道歉……」旻杉仍是彬彬有禮地朝她行禮，「那麼，妳有沒有見過有人和這畫上女子一樣有硃鷹胎記呢？」

「這美人是誰？」銀子沒有正面回答他的問題。

旻杉眼中掠過一抹黯然，看得平日現實的銀子也覺得心酸起來。

「你為什麼要找她。」

「她……是我失散的親人。」他的聲音微微顫抖，「妳可否見過有鷹形胎記的女子？」

是他失散的親人？

「沒見過。」

旻杉眼中閃過一抹什麼，像是淚光，但眨眼就看不見了，銀子幾乎懷疑是自己的錯覺，眼前的他又恢復了平靜。

該不會是他的情人吧？

銀子盯著旻杉的臉，好一對金童玉女，可惜世上並沒有這麼美好的事，失散的情人，多淒美的故事啊……

只是，藍爺爺那兒留著那畫像幹嘛？這她就不能理解了。

「那還不簡單，改天再找機會去問問他！」她突兀地說了這句話。

「什麼？」

「沒事，沒事兒……」銀子這才察覺自己說漏了嘴，「你們快點進去放行李吧！等會兒就開飯了……」她盤算著，「我得要多準備兩個人的伙食，一定忙死了，就不跟你們聊了！」

她將他們趕進房裡。

問個明白不可。

銀子姑娘是從來不把疑問留在心裡的，怎麼也要找出答案來，所以她一定要

＊＊＊

起了個大早，銀子將早點都準備好在桌上，就出發探究她心中的疑問了。

反正那兩人也不必她招呼，她的客棧是客串的，當然也是半自助，肚子餓了的話，東西就擺在桌上，不吃就拉倒！

藍爺爺住在海祿村的東方山上，她硬拉著文文一起來……

「為什麼一定要我陪妳來？」文文埋怨著，「藍爺爺的小屋特別高，個把時辰才能到，想到就腿軟。」

「快走，妳這懶鬼。」

走著走著，總算到了小屋外頭，文文喘得上氣接不了下氣。

「銀子，我跟妳說……藍爺爺不喜歡我。」她老是推拖地說道，「妳還是勸他搬到平地上來住，年紀大了，還住在那麼高的地方，萬一發生什麼意外……」

「文文，妳老是這麼烏鴉嘴地詛咒老人家，會喜歡妳才怪！」

「我才沒有，老人家筋骨硬，萬一不小心摔個骨折了……」

「哪個笨小孩又在多嘴了？」

「藍爺爺！」兩人異口同聲地說道。

藍爺爺是笨小孩。文文在心底加上一句。

文文舉起手，「爺爺，剛才那句話是銀子說的。」

「又不老實？」藍爺爺瞪了她一眼，「妳們兩個的聲音……我還分不出來嗎？」他生氣地哼了一聲，「我再問妳一次，是誰說的？」

「不知道。」她仍是面不紅氣不喘地說謊，「不是文文說的。」打死她，她都不承認！

既然認得出聲音，為什麼還要問呢？大人都那麼奇怪嗎？

藍長老長嘆一聲。「算了！」招手示意她們進來。「進來。」

「藍爺爺，你是不是不喜歡文文？」她撇撇嘴生悶氣。

「怎麼會？」他驚訝地看著文文，「妳哪裡來的這種想法？」

「那你為什麼每次看到文文都皺眉頭？」銀子也幫腔。

說也奇怪，銀子也覺得藍爺爺看文文的眼光有些異樣，有時還挺生氣的，可能是因為文文說謊說多了嗎？

藍爺爺搖頭嘆息，「好好的一個孩子，怎麼會變得滿口謊話？」

他看起來感觸很多，文文和銀子也不瞭解原因，哪個孩子不說謊？

「我可不可以不要進去？我在外頭玩好嗎？」文文對藍爺爺說。

他想了想，「好吧！」拉起銀子的手走進小屋，「文文，妳要是玩累就進來，知道嗎？」

「喔！」她還在納悶，玩怎麼會累呢？「好好，好幸福喔……」

銀子跟著爺爺進去，四處找尋著她曾見過的畫像。

「妳在找什麼？」藍爺爺奇怪地問，「怎麼不坐下來陪爺爺聊天，像個小跳蚤一般跳來跳去？」

銀子指著藍爺爺的書架。「爺爺，上回放在這兒的美女圖呢？」

藍爺爺眼中銳光一閃，「妳怎麼突然想要看那幅圖？」他站起來在書架頂端一摸，手上就多了一個畫卷。

「就是她！我想要找給文文看，她沒有見過！」銀子興奮地說，「她不知道爺爺這兒也有一幅同樣的美人圖……」

「也有？」

藍爺爺聽出玄機。

銀子把畫卷攤開，「是啊！昨天有兩個人來住宿，帶著一把玉扇，上頭畫著一模一樣的女子，衣著是不一樣……」她仔細研究其中的不同，「沒錯，人是相同的，可是這幅畫的女子是少女打扮，那幅好像是個貴婦。」

「什麼！」藍爺爺大驚。

她再次確認，「對，我絕不會認錯，就是這個人。」

她沒有提起，不知怎麼地，總是對這個畫中美人有熟悉感，好像和她認識很久了，就像是一同生活的玩伴般親切。

「總之，都是美得不得了！」她嘆口氣，嚮往地說：「美極了！」

「是誰，」藍爺爺突然抓住銀子，「是誰拿來的？」

銀子手上的畫掉落地上，「爺爺？」她嚇了一跳。

藍爺爺自覺失態，放開受到驚嚇的銀子姑娘，扶著桌邊坐下。

「來，跟爺爺說，是誰？」他的聲音放柔。

銀子顫巍巍也坐下，一向慈藹的藍爺爺居然變得這麼兇，讓她一時沒法子適應。

「一個長得很帥的公子和他的僕人，聽文文說……好像姓胡。」銀子的記性不怎麼好，被這麼一嚇，更是不管用了，只有個模糊的印象。

「狐？」藍爺爺提高了聲音。

「他說那個美人是他的親人……」銀子開始恢復正常，「我就是要來問爺爺，你為什麼會有一樣的畫像？」

「妳告訴他了？告訴他見過這幅畫像？」藍爺爺很緊張。

「沒有！」銀子覺得藍爺爺今天反常，「爺爺，那個女人是誰？」

「一個故人，說來話長……」藍爺爺也陷入回憶，「等爺爺有空再告訴妳。」

「真是他的親人嗎？」

「哼，他說是親人？」

「世上真有如此美麗容顏？那她現在人呢？」銀子倒是替旻杉著急。

藍爺爺嘆息。「死了！遇人不淑。」

「遇人不淑？那她是那人的老婆？真沒想到……居然死了？紅顏真是薄命！但也真奇怪，哪有人不知道自己妻子死了的道理，還在那兒窮找！」她喃喃自言地說著。

藍爺爺搖頭。「沒想到他們也找來了，看來得要通知陛下才行。怎麼會這麼早，我都還沒準備好，什麼都還沒準備好……」

「爺爺，你在說什麼？要通知誰？要準備什麼？」銀子追問，她的問題多多。

「沒什麼！」藍爺爺盯著銀子的臉看了良久，「妳也已經十七了，時間過得可真快……」

她已經十七跟這件事有什麼關係？

「記住爺爺的話……」藍爺爺拉住她的手，慎重其事地交待她，「在他們住在村子這段日子，千萬不要發脾氣，不要生氣……」

「我生不生氣又跟這檔子事兒有什麼關係？」

藍爺爺怒喝，「聽到沒有？」

「只要沒有人打我銀兩的主意，也沒有什麼事好氣的！」銀子這麼回答。

「那就好！」

藍爺爺陷入煩惱中，本以為可以等她安然度過十八歲生日，沒想到……

「看來事情是不可能善了。」

藍爺爺今天有點奇怪，銀子這麼覺得，但不敢多話，只能在一旁噤聲不語。

這時她不禁羡慕起文文，她一開始就待在外頭了。

「真幸運，好好，好幸福喔……」

她察覺自己竟染上文文的口頭禪，羞紅了臉。

第四章

旻杉主僕兩人起來沒見到文文和銀子，感覺也不特別驚訝，胡勤服侍主人用了早膳，和往常一樣，就出外打探轉世公主的消息。

對於旻杉而言，時光雖不催人老，但給他的壓力之大，卻是旁人怎麼也不能理解的。

他們問遍了海福村和海祿村稍有年紀的老人，除了一些已經知道的「龍王聖女」傳說，沒有什麼特別的斬獲。

海祿村龍王聖女銀子的故事也不尋常，她是在退潮的礁岩由天而降的孩子，而且身上還帶著財寶銀錢，所以才取名為「銀子」。

比起文文的海福村來，海祿村是比較貧困一些，帶財來的龍王聖女也很受村民愛戴。

這兩個村，旻杉已大略走過，居民的生活品質都在他眼裡展露無遺。

漁村也是靠天吃飯，這種事想要取巧可是一點也沒辦法，這也就是村民總得求龍王大人眷顧的原因。

「若是再找不著公主，明天我們就啟程離開。」

「是，陛下。」
就像前頭的十七年一樣，繼續在新的地點奔波。
他們走著走著，又到了夕陽西沉，晚霞染紅天際之時。
好一幅美麗的景致。
「陛下，您看！」胡勤遙指前方的港口，好像發生什麼爭執。
「我看見了。」
他也看見那兩個龍王聖女，文文和銀子。
銀子和文文從山上下來，依例到港口來，正巧見幾艘漁船打漁回來。
「還好，差強人意，雖然不多……」
銀子看著海祿村的漁獲量，「也比前幾次好，沒遇上海盜……」
銀子嘆了口氣。這個碼頭是兩個村子共用，漁民遇上海盜是平常事，只要沒有傷亡，人能平安回來就是大幸。
「銀子，妳也教教村民養牲畜吧！」
文文就是這麼教村民補貼生活的。
「我們村子裡的人都快要不打漁了，畜牧都讓全部的人發財了！」她用慣用的誇張語氣說著，「好好……好幸福喔！」
這當然不是實話，銀子很清楚，哪有那麼容易發財的？

不過文文這次的話還可以信三分就是了！副業確實可以改善居民的生活。

「談何容易。」銀子再度長吁短嘆。

海祿村靠山，山裡有土寇，海上又有海盜，平日就來搶，村民過的生活可真苦。

她們說到一半，就有村民急匆匆地跑來，「聖女，他們又來了。」

有人前來通風報訊。

是什麼人來了？

果然，幾個長相兇惡不懷好意的痞子從遠處走來。

銀子推了文文一把，「就是他們嗎？」

「我怎麼知道？」

這群兇神惡煞威脅漁民已經好一陣子了。

每回漁民一有漁獲，就前來收保護費，剛開始發生的時候，大家基於息事寧人的心理，就沒有通知銀子，以致於現在幾乎都養成他們勒索的惡習。

因此，銀子生活的海祿村，村民就更窮了！

文文居然還笑得出來。

「是妳村子裡的人見過，又不是我村子裡人倒霉。」她說著風涼話，「好好，好幸福……」

「就是他們。」漁民積怨已久。

這時該怎麼辦呢？

他們的希望都寄託在龍王聖女身上，現在一連出現兩個，所以漁民都覺得有恃無恐，每個人都滿懷信心地看著文文和銀子兩人。

「走啊！」銀子推著文文，「人都已經來了，妳別想閒著看熱鬧！」

「誰說我不能閒著？」

文文嘴上雖這麼說，但身體卻隨著銀子推著走，沒有置身事外的打算。

「快走。」

「我說聖女銀子大人，要是有生命危險，我可是跑得比誰都快！聖女也是人，不是鐵打銅鑄的……」

「少說兩句！」銀子用力戳了戳她背後。

沒錯，銀子心裡也很明白，其實龍王聖女就和廟裡的廟祝一樣，哪裡來的什麼神力？還不是被村民無聊的迷信所控制，但是……

她們生於斯、長於斯，怎麼能棄自己村子裡的人不顧？她們還是村人給養大的呢！

文文的想法也是如此，何況……

她們的村子連在一塊兒，這群混蛋怎麼可能只找海祿村麻煩，放了海福村一馬呢？

但兩個弱女子要怎麼驅走這群惡魔呢？

「喂！」其中一位留著鬍子的男人叫，「這回收穫還不錯嘛！我上回忘了提醒你們，以後我們要抽五成……」

「五成！」銀子尖叫。

抽走五成豈不要讓漁民餓死？

大家還要吃什麼？

「唷！這個小妞長得還挺標緻的……」他伸手摸銀子的臉，被銀子眼明手快地閃開。

一旁的小混混皆大聲起鬨。

「動手動腳的，你這是什麼意思？」文文開罵了。

「妳哪裡不服氣了？」

「就她長得標緻？」文文抗議，「我就沒份？我長得很抱歉？」

這當兒，她就不覺得幸福了。

天啊！

這個也要爭？看得旻杉直搖頭嘆氣。

「發育不全的小雞也敢出來說話？」混混們大聲嘲笑文文。

這可觸怒我們的文文姑娘了，只見她氣得滿臉通紅大吼，「你們是哪兒來的？出來混也不打聽一下，這裡是誰的地盤？姑娘我又是何方神聖？是誰罩的，你們敢來這兒要錢？」

後頭的居民因為有文文和銀子當靠山，每個信心滿滿的樣子，這幾個痞子也發覺事有蹊蹺。

「混得蠻跩的嘛！」他站在文文面前，幾乎把她整個身影全都遮住了。但怒髮衝冠的文文可不害怕，「想要討口飯吃，你可以加入丐幫，姑娘我對乞丐最有同情心了。」

比毒舌，誰還能比得過她？

「妳想討拳頭吃？」

他揮拳相向，文文機伶地閃開。「說不過別人就打，真沒品！」

「哪裡來的刁婦！」他大聲咆哮。

「這還看不出來？」銀子上前擋在前面，「這位就是海福村的龍王聖女，天下第一毒舌婦文文。」

「天下第一毒舌婦？」文文很滿意這個封號，「不錯，妳也有靈光的時候，我很喜歡。」她稱許地上前搭住銀子的肩膀，「比叫龍王聖女好多了！」

「妳有沒有把握？會不會有問題？」銀子心裡有點怕怕的，「文文，我看妳不要激怒他們，把事情談好就溜？」她一面在文文的耳畔低語著。

「妳怎麼老長他人爸爸的志氣，滅自己媽媽威風呢？」文文冷笑兩聲，「看我怎麼對付他們！」她推開她，挺胸上前瞪著他們，「要比眼睛大，我絕對不會比輸你們這些綠豆眼！」

「喔！」銀子退到一邊靜立。

居然有人認了乾媽還不知道！她也是夠老實的。

「趕快把東西拿過來，錢要是拿少了，老子可不放過你們。」

「別在那兒擠眉弄眼的，要錢沒有，要命就是一條！」文文慷慨地說：「你們要是可以拿走龍王聖女的命，這個村子裡的東西就隨便你們搬，五成算什麼！」話雖這麼說，其實她心裡也是怕得很。

要她出來唬人可以，萬一收不了場，事情可就慘了。

但文文就是有那種一夫當關的勇氣，也不管結果如何，就拚了！雖只是匹夫之勇，仍不可小覷。

「妳這個臭丫頭……」他揮手就要打下。

「慢著！」銀子心急叫停。

「怎麼了？」他色瞇瞇地看著她，「漂亮小姑娘？」

「我勸你還是不要跟她打。」她急著替文文解圍，「否則你一定會後悔。」

「為什麼？」

「呃……」她也不知道要跟他們說什麼，「上回文文一生氣就起了大……海嘯！」她結巴著。

老天，她說的比文文還離譜！

海嘯？真是佩服銀子了，文文在心裡這麼想著。

「讓我告訴你們好了，」文文哈哈大笑，「上回跟我鬥的那個人，現在不知被龍王大人捲到哪兒餵魚了！」

她拉過銀子，兩人一齊退到海邊，背對著大海。

「你要是識相……就快點離開，要不然待會兒海浪掀起十丈，你想逃都逃不掉！」

她招招手讓村民全部過來，「來……來……都跟我們站成一排，看看他們敢怎麼樣？」

她只是想人多壯膽罷了，不過村民都很聽話地過來，信仰是一種很神秘和崇高的信念，沒有人懷疑她們。

「我就不信邪……」他惡狠狠地上前一步。

文文深呼吸，要唬人的第一要訣就是不能讓別人發現你在害怕，也不能露出膽怯的感覺。

就在她以為沒望的時候，他的眼光突然由熾轉暗，驚駭地盯著文文後方，一瞬也不瞬瞪著她們。

「頭目……」混混們全都顫抖地指著文文和銀子，以及身旁的一干村民們。

「快跑……」帶頭的山寇跑得跟飛沒兩樣，好像被鬼追。

文文和銀子看著作鳥獸散的壞蛋，心裡還真納悶，「這麼就跑了？」她還以為會有一場廝殺。

一干村民皆歡天喜地謝著，「多謝龍王聖女，我們會帶牲禮過去答謝。」

「別叫我龍王聖女，叫我……天下第一毒舌婦！」她很帥氣地將頭攏到一邊。

「別玩了！」銀子用力扯了扯文文的衣袖，而後對村民客套著，「不用了……不用了！」

她們自己都搞不清楚怎麼回事呢！

「銀子，我們回去吧？」

「那麼早？」

文文拉過銀子的手，「妳的廟裡有住人，得要回去開伙才對！」

「說得也是。」銀子轉對村民眾人說，「我們就此告辭，你們也趕快回家去吧！」

她們身後海底似有五彩金龍一閃。

「這次要海嘯，真不曉得下回她們兩個要耍什麼新花樣，唉！總之倒霉的全是我……」海浪聲就像抱怨的低語。

五彩麟光看起來彷彿天邊晚霞繽紛，也許是錯覺。

這場怪事全都落入遠方的旻杉主僕眼裡。

胡勤欲言又止，「陛下……」

「我看見了。」他仍是那句話，眼睛直盯著海，人群已逐漸散去。

剛才，兩位龍王聖女和村民們全背對海邊，誰也沒看見……

是真的起了十丈大海嘯。

邪的是，海水就定在他們頭頂上，幾乎把天遮去一半，她們可能太緊張，什麼也沒注意到，這也難怪那些人嚇得屁滾尿流。

顯然是龍王大人顯靈了。

「那是龍王。」他可以肯定。

旻杉沉吟，龍王為什麼要這麼做呢？

這兩個村子對他這麼重要嗎？

「我們不走了。」旻杉下令，「就在這個地區，龍王雖然率性，不過……此種作為也不合他個性，公主一定離此不遠。」

「我們找到了？」胡勤驚喜地喊。

「不要高興得太早。」事已至此，他反而情怯，「不會這麼簡單的，事情才剛開始呢！」

經過這麼多年，還是不能減少他對她的渴望，他對她的思念永不能停止。就算找到公主，龍王和鷹王全是他們的敵人，也不是好相處的，何況現在連公主在哪裡都不知道。

不過，找了十七年，總算有些眉目了。

「我們也回去。」事情的線索必定和那兩個女孩有關，他得由她們開始著手，緊跟著她們。

＊＊＊

等待吃飯的時間，文文和旻杉及胡勤三人坐在桌前，旻杉刻意要趁這個時間和文文攀談，他想要多得到一些線索。

「妳知道……銀子姑娘為什麼這麼愛錢嗎？」

文文又是那副不太想搭理的模樣，「我為何要告訴你？」

關他屁事？

「我想知道原因，若是銀子姑娘有苦衷，有什麼需要幫助的地方，我希望盡點薄力。」旻杉說的是真話。

對銀子有幫助？那就要好好斟酌、斟酌了。

「既然是薄力，那就免了。」

「妳這丫頭是聽不懂謙詞是嗎？我家主子是客氣，知不知道。」

「你們想聽真話……還是謊話？」

瞭解文文的人就知道，這麼說代表她有興趣說真話。

「哪有人這樣問的？」胡勤不滿。

「當然是真話。」旻杉認真地盯著她那雙大得驚人的清澄眼睛，心中興起一絲溫柔情緒。

「好。」她微仰起頭，將嘴努向廚房煮飯的銀子，「看到那鍋沒有？」

一個好大的飯鍋，鐵定可以煮幾十人的飯了，他們怎麼吃得完？

有必要用這麼大的鍋來做飯嗎？

「看到了。小姐要我們看那只飯鍋……有何用意？」胡勤回應。

「你瞧，若是煮滿，我們要吃幾天才吃得完？」

「最少要半個月吧？不過，煮少一點就好了，但用那麼大的鍋子不好煮吧？」

「錯，說不定一個月也吃不完……要是只煮一點？像銀子這麼節省的人，難道不知道這麼做會浪費柴火？」

她看著旻杉，似乎要他們猜，文文就算要說，她也不打算明講，不符合她個性。

旻杉瞭解了。「吃的人很多。」

「什麼意思？」胡勤可真是弄混了。

「我看你改名叫胡塗好了。」文文故作嚴肅地建議道。

「文文的意思是……銀子還得負擔其他人的生計。」

「噢！」胡勤這才明白。

「真是……燈不點不亮，你不會自動一點？」文文埋怨胡勤。

「可說不定她有收伙食費。」胡勤想到疑點，「銀子說不定又在做生意，待會兒讓人來吃。」

他的懷疑不無道理。

「笨！」文文指著外頭，「你自己看！」

銀子已將飯一份份地放在外頭，做成很簡陋的飯糰，這並不能怪她，只能怪村子窮吧！有一些衣衫襤褸的孩子陸陸續續來到……

「謝謝聖女。」

銀子對他們笑笑，「拿了就快走吧！不用跟我客氣。」

旻杉調回頭看著文文問，「是孤兒嗎？」

文文點頭，「大部份是，海祿村常被強盜和海盜侵犯，居民生活並不寬裕，三餐不繼，四季皆窮，有時死傷慘重，這些擔子銀子全扛了。」

胡勤的眼中充滿希望的火花，「是公主嗎？公主最善良了。」

銀子可能是轉世的公主嗎？

公主平日善良得……連螞蟻都不捨得捏死，但銀子身上並沒有硃鷹胎記。

旻杉不敢確定，他對銀子沒有親近的感覺，如果真與公主見面不相識，想到就心酸。

「雖然只是普通的飯糰，對她來說……已是很大的負擔。」旻杉感嘆，「想不到她之所以視錢如命，是因為這個原因。」

「錯！」文文斷然否認，「視錢如命是她的天性，只不過……善良也是銀子的天性，再加上自己也是孤兒出身，所以她才捨得，不然……」她嘲笑著皺皺鼻子，「你想要她一文錢，她會跟你拚命。」

這時銀子端著飯菜進來。

「開飯了！」

「好棒，我餓死了！」文文雞貓子喊叫。

「你們聊什麼？好像很愉快。」銀子坐定才問。

「沒什麼，沒什麼！」旻杉連忙指著桌上的菜，「吃飯，等會兒菜就涼了。」

第五章

今天銀子要替文文整理她的家，也就是海福村的龍王廟，照文文的說法，這間廟已經很久沒人敢來寄宿了。

為什麼呢？

據她說，原因很多，一時也說不清楚，但不一會兒，他們就知道答案了。

旻杉和胡勤藉故要參觀海福村的龍王廟，就跟她們一起在廟裡混。

「老天！」銀子尖叫指著一個圓圓的彩色毛毛的東西，「這是什麼？」

文文舉起手來搔搔耳朵，「待我看來……」她靠近那個東西，「主色是灰色，還有一些綠色和髒髒的紫色，還長毛……」她靈機一動，「我知道了！」她大聲叫。

「是什麼？」旻杉問道。

她頓了頓，正經地解釋著，「曾經是一個饅頭。」

旻杉大笑，這回答好鮮。

「曾經？」胡勤嘆口氣。

「那現在是什麼？」銀子沒好氣地說。

「霉，說得精確一些，是長霉的饅頭。」

「糟蹋食物，妳小心被雷打。」

「我本來是打算餵螞蟻的，誰曉得……」

這個屋子連螞蟻都不想住。

「啊！」銀子尖叫打斷文文的話，「這又是什麼？」

門檻長了一些圓圓的東西。

「待我看來……」文文蹲下來，還把臉湊向門檻，「瞭解。」她直起腰來看著他們。

「是什麼？」旻杉又問。

「本來是門檻，現在已經改用來種香菇了。」

旻杉爆笑。

天啊！都長香菇出來了。胡勤搖著頭。

「是香菇耶！還有好幾種，有褐色的，有綠色的，還有彩色的……」文文興奮地開始敘述。

「別說了。」銀子的臉色蒼白，「再講下去，我就要吐了。」

她有潔癖。

「我……」

「除了妳之外，大概誰也住不下去這裡。」銀子噁心地看著那幾個「香菇品種」。

「要不然幹嘛讓妳整理？」文文覺得理直氣壯，「妳不要偷懶，我到後頭去幫妳準備銀兩，那些香菇就算是小費。」

「好，我晚上就拿來煮湯毒妳。」

「謝謝。」

她婷婷嬝嬝地離開，可惜看起來並不優雅，還可愛地好笑。

「她……一直都這麼不修邊幅的嗎？」

「不修邊幅？不要對她太仁慈。」她瞪著那個長霉的食物批評著，「髒死了，這哪裡還像座廟？怎麼受得了？瞧這個東西！」

「那是要餵螞蟻的。」旻杉重複文文剛才說的話。

「她最喜歡螞蟻了，」銀子看著那團霉，「可惜連螞蟻都不想住這兒。」她又補充，「還有另一種可能，螞蟻都被她毒死了。」

「這麼難清理，那麼……就別幹這個差事了。」旻杉建議道。

「怎麼可以？」銀子眨眨眼睛，「這樣豈不辜負文文一番好意？」

「好意？從何說起？」胡勤被弄混了。

「文文給我很高的伙食費和清潔費耶！」銀子為他們解釋，「這是維持我廟裡的固定收入，絕對不可以少的。」

「妳是說她故意把住的地方弄髒，讓妳賺錢？」

「不！」銀子斷然道：「她本來就髒，不過……」

「不過什麼？」

銀子解釋其中的原由，「她不一定要我來整理，文文在海福村的地位很高，村人自然會來替她清理，何必等到髒成這樣再叫我來？」

胡勤皺眉，「糟了，她也很善良……」

銀子奇道，「她已經有那麼多缺點，除了善良之外，幾乎沒有優點，你還說……糟了？」

「這樣就分不出轉世的公主是誰了。」胡勤對銀子尷尬地笑笑。

「啊？轉世的什麼？」

「胡勤，住口！」旻杉制止，「銀子姑娘，妳曉得文文愛說謊的原因嗎？」

「這個問題……我倒是沒有好好想過，也許是被逼的吧！」

「被逼的？」他們都對這個原因很好奇，「說謊還被逼？」

「文文的出生被蒙上許多神祕色彩，村人都對她有股莫明的恐懼和崇拜，認為她能和龍王大人溝通。」

「事實不是這樣？」

「每個龍王聖女都沒見過龍王，文文說實話，他們又沒一個肯信。」銀子譏笑那些愚民，「當她胡說八道時，每個又被唬得一愣一愣地，時候久了……她就懶得說真話了吧？」

「可是，我看她說謊說得蠻愉快的。」

「所以……說謊也是要有天賦的，她天生就不誠實。」銀子聳聳肩無所謂地笑笑。

旻杉垂下眼睛，「天生就不誠實的小姑娘？」

會有可能嗎？

旻杉眼中精光一閃，「胡勤，你在這兒幫銀子姑娘整理，我到後頭去看看。」

「遵命。」

他堂堂一個神族的大臣，今天要替一個小姑娘打掃，真是苦命啊！

＊＊＊

旻杉走到後頭，見文文在園子裡抓蚱蜢，好不容易抓到一隻，又放了。

擺好姿勢，她準備再抓一隻。

「為什麼？」

文文這才發現多了個人，她直起腰來正視旻杉，「好玩而已，何必傷性命？」

旻杉又問，「怎麼不到裡頭和銀子一起？」

文文聳聳肩，「她嫌我是瞎子幫忙。」

「啊？」

「愈幫……她就愈忙啊！」文文不好意思地笑笑，「你瞧，不懂就省了很多麻煩，你看我聰明不？」

「呃……」

這是懶人新解？

「有什麼異議嗎？」

旻杉但笑不語。

「喂！」

「妳可以叫我旻杉。」

「旻杉……」她重複唸了一次，「這個名字文謅謅地，聽銀子說，那個玉扇上的大美人是你親人？」

「是。」他給了肯定的答案。

「你們失散了啊……」她的嘴嘖嘖作響，她找了一塊乾淨草地躺下，後院也很髒，她撥開好幾個垃圾才找到像樣的棲身之處。

「看什麼？」

「天好藍啊！」

「妳嚮往天空？」

「誰不是呢？希望自己能像鳥兒一樣任意翱翔，像那遠處的蒼鷹……」

旻杉心念一動，他也在她身邊坐下，眼睛看向遠處天空，落入回憶。「是我的錯。」想起了往事，不由唏噓不已。

她坐起來冒出一句。「不是死了嗎？」

「什麼？」

「你的妻子，她不是死了嗎？」文文重複她剛才所說。

這句話將旻杉由往事中拉回，他低頭凝視著悠閒的文文……

她竟然說「他的妻子」早就死了？這樣……

這個村子果然藏著他想知道的祕密，公主真的就躲在海福村和海祿村之中。

旻杉原本只是猜測，現今得到了證實，一向以冷靜狡詐著稱的銀狐也失去鎮靜的心情，他瞪著文文，千百種的念頭由心中轉過，就是抓不住一個好主意。

面對著旻杉震驚的眼光，就連膽大包天的文文也不禁發毛。

「你幹什麼？像要吃人似的，好可怕……」她深呼吸鎮定心神，「想嚇人也不是用這種方法。」

「是誰告訴妳……她是我的妻子？又是誰告訴妳……她已經死了？」他沉聲問。

他的眼神並不似乍聽見親人去逝的悲痛，好像老早就知道妻子死了似的，不過……

看得出旻杉十分地心焦，文文彷彿被他那雙朗星般的眸子催眠，只能吶吶地回答，「是銀子……告訴我的。」

「銀子怎麼知道她死了？」

「是……」

「是誰告訴她的？」他緊緊追問。

「銀子自從見了你之後……」

下頭要怎麼編？

「快說。」

「有天龍王大人託夢給她，憐你尋妻跋涉千里，所以……」太離譜，實在編不下去了。

「又胡說？」他臉色變得很難看，一把抓住她，「還不說實話？」

嚇人哪，他慍怒的表情很猙獰，好像獵食的野獸，一點也不像人，不像平日溫文儒雅的他。

要把藍爺爺招出來嗎？文文考慮著。

「你要我說……我就說？那我豈不是太沒個性？」她死鴨子嘴硬。

旻杉不知不覺抓住文文的肩，像老鷹抓小雞一樣，將躺在地上的文文從地上半拎了起來。

「快說！」

文文的倔脾氣犯了，「我偏不說！」她覺得說一句還不夠氣憤，「不說，不說，我偏不說。」還拚命搖著頭，「不說……不說……」

「妳不說？」他忍住氣，「那好。」他抿起唇，「是銀子告訴妳的？我帶妳進去找銀子問個清楚。」

「我不去，不去。」她努力地掙扎，拚命地踢動雙腳。

好不容易才有這麼一點線索，他怎能放過？

「由不得妳。」旻杉將她一把架在肩上，像扛著一袋米，「我扛也要將妳扛進去。」他已忘了文文是吃軟不吃硬，不管三七二十一把她扛進去。

「你放我下來，壞人，壞蛋……」文文大罵著。

銀子和胡勤見到此等陣仗，不由得嚇得停下手邊的工作。

「你？」銀子張大嘴巴。

旻杉朝她看了一眼，銀子比起文文這個刁鑽的小妮子好應付？

「快叫這個爛人放下我！」

叫他爛人？

看旻杉的臉色不太好看，銀子斟酌著，在這個時候還是別激怒他才好。

究竟發生了什麼糾紛？

「請……放下文文好嗎？有什麼話……可以好好講嘛！」

文文雖然長得輕巧，但問話的時候扛著一個不乖巧的姑娘，也是很不方便。

「銀子姑娘。」

旻杉將文文放下，才剛落地，她就趁其不備地踩了旻杉一腳。

旻杉好似沒感覺地動也不動。

「沒感覺？」她又打算繼續踩下一腳。

才剛移動，旻杉出其不意絆了她一腳。

「啊……」

文文摔得四腳朝天，馬上爬起來死瞪著他，一手還揉著疼痛的屁股。

「怎麼了？」

銀子覺得很奇怪，為何兩人剛才還好好的，現在就翻臉像仇人一般？

他面無表情，冷冷地瞄了文文一眼，目光才調回銀子身上。

「文文說……」旻杉銳利的眼睛像要穿透銀子的內心，「我在找尋妻子，而且她已經死了，這件事是妳告訴她的？」

銀子著魔地點著頭，內心被那雙充滿玄奇力量的眼睛所控制，「是我告訴她的。」她傻傻地說道。

旻杉繼續盤問：「誰告訴妳的？」

銀子正要開口回答……

「不要告訴他！」

文文的叫聲驚醒了銀子。

「我是怎麼回事？怎麼覺得迷迷糊糊的……」她低頭看著自己的手，又抬眼看看旻杉，「難不成我中邪了？」

不好！

旻杉再來，再度轉移她的注意力，重新問一次，「銀子姑娘，妳不是要告訴我嗎？」

「告訴你什麼？」她忘了。

「是由何處得到我妻子的死訊？」

他心急得很，怕文文那傢伙又要來搗亂了。

「別理他！」果然不出旻杉所料，文文立即阻撓。

文文和他有什麼過節？銀子猶豫地瞄了眼文文，「為什麼問？」

「拜託妳。」胡勤加入勸求。

銀子仍偷偷地看文文，想替旻杉主僕求情，但她將眼光調向遠方，就是不看他們一眼，明白地表示她的意願。

旻杉長嘆，「文文，拜託妳好嗎？我們已經找了她好多年了……」他語不成聲地頓下來。

文文被話語中的悲切打動，調頭直視旻杉，才一眼……

她就被他眼中那種酸楚的痛苦打動，心也沒來由地抽了一下。

他想找的妻子已經死了，多麼可憐啊！她也是蠻心軟的。

文文看著銀子，知道她和自己心裡都同情旻杉的癡情，輕輕地點點頭，不再刁難旻杉。

「藍爺爺告訴我的。」銀子簡潔地告訴他。

「藍爺爺？」旻杉不解，「他是何人？」他過目不忘，印象中在這兩個村子並沒有這一號人物。

「他住在銀子村子的東邊山上。」文文順手一指，將位置大致告知旻杉。

既然不是捕漁的，也難怪不在漁村中，他不在漁村，也難怪自己這幾天都沒有見到。旻杉因此釋懷，不再介意。
「爺爺那兒有一幅畫像，與你扇上的女子一模一樣。」銀子描述了一下，「據他說已經死了好多年了。」銀子停頓看看旻杉的長相，「可是你看起來也不老，是不是……」她考慮著各種可能，「奇怪了，就算駐顏有術也不會差那麼多。」
「你的妻子年紀比你大得多？」文文問。
旻杉遲疑，這個藍爺爺會知道公主已死，可見不是普通人物。
「可否帶我去見他？」
就只有這個辦法了。
銀子和文文對看一眼，藍爺爺平日不和別人來往，帶他去……爺爺可能會不高興，不諒解她們。
「我只是有事想請教他，並不會對他不利。」
銀子笑了，「我們知道你不會對他不利。」
「我會付給妳優渥的酬勞。」旻杉知道對銀子要利誘。
「酬勞？」銀子的眼睛亮了起來。
「這可是外快喔！」文文敲邊鼓。
算了，也只是問問而已，要是爺爺生氣，頂多再被多罵幾句。

反正罵罵也不會死，她們從小到大，也不知道被罵了幾百萬次了！但多了一點錢錢，村子裡的孤兒就可以吃好一點……銀子在心裡想著。

「問幾句話有什麼大不了？」文文忘了自己剛才的死德性，現在反而幫起忙來了。

「拜託妳們。」胡勤替主子請求。

「好。」兩人異口同聲地答應了。

「我們這就帶你去！」

第六章

旻杉審視這山林樹木的種植，在天然屏障中隱含奇門幻術，若不是由文文和銀子帶路，這地方之隱密，就是連銀狐陛下本人都看不出來。

巧奪天工。

本疑似無路的森林，在文文和銀子輕巧的身影領路，又柳暗花明。

這是高人設置的陣仗，逃不過他的眼，旻杉一邊跟著她們走，一邊暗記回程的路途。

一條山徑接著一條，就像迷宮似的，分明是有意避著生人，或許就是等待這一天，避的人也不是普通才智之士，也許就是旻杉……

胡勤扶著額。「轉得我頭都昏了。天色都暗了，妳們不會記錯路？」

天色確已暗下，出門之時還是晌午，但這山徑長又多，轉眼時間就飛逝。

「我都不知道已經這麼晚了？」文文迷糊地笑笑，「難怪……」

「難怪什麼？」銀子橫她一眼，她可是很努力地帶路呢！

「肚子開始咕嚕嚕地叫了。」她天真地說著。

眾人聽見這孩子氣的話，全都笑了起來。

即便像文文這麼機伶、活潑，也只不過是個半大不小的孩子而已，旻杉對她展露一個溫煦的微笑，「我待會兒會請妳吃大餐。」

「真的？」像個對大人要糖吃的小孩，她仰望的臉有著希冀與盼望。

「一定讓妳滿意的。」旻杉拍拍她的頭。

文文嘟著嘴，「為什麼拍我的頭？人家又不是小孩……」轉念一想，「看在待會兒的大餐份上，就算了，不跟你計較。」

「各位，轉過這個彎兒，就可以看到爺爺的草屋了。」銀子對大夥兒宣布。

銀子才說完，文文就帶頭輕輕鬆鬆地跑過前頭的草地。

才轉過去……

「咦？」

「怎……麼了？」銀子跑起來就沒那麼輕巧了，她上氣接不了下氣地喘息著。

旻杉和胡勤跟了上來，順著小徑轉過來，這個地方就像一個小平台，仲夏夜裡，滿天星星在綠茵草地上，會是一個幽靜高雅的隱居場所，但是……

什麼都沒有，沒有別人，沒有炊煙，更沒有她們兩人口中的草屋。

文文迷惘地指著前方，一片空曠。「爺爺的小屋不見了……」

「什麼都不見了。本來有的房子、水井……全不見了。」銀子也喃喃地說。

胡勤急著，「那藍爺爺呢？」

「廢話，什麼都不見了，怎麼還有人？」文文沒好氣地應著。

「妳說真的還假的？」

老是不說真話，也難怪胡勤懷疑。

文文氣結，閉上嘴一句不吭。

旻杉見文文的樣子和銀子焦急的神色並不像說謊，他開始在這個平台上梭巡著蛛絲馬跡，希望能看出一些什麼！

「昨天才看到爺爺的……」銀子著急地來回走動。

旻杉的表情凍結，冰冷取代了原先的感覺，他在這兒找不到任何線索。

文文小心地安慰他，「你不要灰心，說不定因為天黑，我們找錯了地方。」

「怎麼會？就是這個地方。」銀子沒心機地說。

「妳閉嘴！」文文用力扯著銀子的手。

旻杉長嘆一聲，「無論如何，謝謝妳們。」

「寡婦死了兒子，都沒指望了，你們風度還這麼好，真是怪了？」文文叨唸著。

慢著！旻杉一時靈光乍現。

沒有線索也是一種線索。

這天地間，沒有幾個人可以做到連旻杉都找不出破綻。

「是還有指望，妳們可以告訴我……這藍爺爺有何特徵？」

文文念頭轉動，本來想捉弄他，但看到現在這光景，也覺得可憐，就推推銀子，由她代表發言。「妳說。」

「藍爺爺……」銀子將手舉到頭頂，「長得約有這麼高……」

以普通人的高度，他算是長人了。

「至少有七十歲以上了吧！」銀子又搖頭否認，「可是他頭髮又不是很白，看起來很瘦，說話聲音高亢……」她搖搖頭，想不起來了。

銀子的描述很籠統，讓人很難判斷。

「還有，還有……」文文補充說明，「爺爺喜歡穿藍衣服……」她伸手在鼻子前比比，「長了一個彎彎的鼻子，勾勾的……」她作了個鷹勾鼻的模樣。

胡勤驚叫出聲：「藍長老？陛下，可能是藍長老。」

旻杉早就發覺了。

能在一夕之間將一切毀去，毫無線索可查，不是長老還有誰？

對這件事，旻杉已有九成九把握。

「這就是我想要的線索了。」

「什麼？這樣也成啊？」

旻杉點頭。可能連藍長老都不會察覺，他愈想要避，那旻杉就愈有把握，他這麼一來反而幫了旻杉的大忙。

「妳們是什麼時候認識藍爺爺的？」

「是銀子認識的。」

文文揉揉眼睛，不知怎麼地，眼睛有點癢癢的，鼻子有點酸酸的，雖然爺爺平日對她嚴厲，就這麼失去他，還是讓文文覺得很難過。

「第一次看見藍爺爺是銀子帶我來的。」

銀子點點頭，「在六歲那年，我到山上來玩，看到一個嚴肅的老公公在打獵，他獵了好多小動物……」她想起後來分得的食物，不由得笑了笑，「那就是後來的藍爺爺了，他每回獵得的獵物，都會分我一些。」

所以她特別喜歡來這兒，可以省很多菜錢。

藍長老特別眷顧銀子？旻杉心念一動，注視著銀子。

會是她嗎？

旻杉幾乎可以確定，長老是回去通知殷宇來阻擋旻杉。

藍長老絕不會丟下公主而離開，他都已經在這兒守護那麼多年了，想必也是奉鷹王之命留守的。

他看看文文又轉向銀子，他得趕快查出究竟是誰，否則龍敖和殷宇來阻礙，事情就麻煩了。

「藍爺爺這麼突然失蹤，臨走時有沒有交代妳們什麼？」他想要從中再探尋多一點資料。

「沒有。」

文文搖頭否認，昨天……她在外頭玩得挺高興的，才一天功夫，爺爺就失蹤了，也真奇怪！

「那兒有兩隻狗耶！」

想到了玩，文文就失去和旻杉他們說話的興趣，留下銀子一人應付他們，一個人到旁邊去。

「這一隻好可愛。」

但另外一隻又兇又醜，看了就好討厭，為了那可愛的小狗，文文小心翼翼地上前逗逗牠……

「嘿……」她對牠們作著鬼臉，「來咬我呀！」

自找麻煩的文文，完全忘了旻杉他們一群人的存在。

「對了！」銀子眼睛亮了起來，「他要我在你們在村子裡這段時間，絕不能生氣。」她記起爺爺的交代。

「什麼意思？」旻杉不解。

銀子不好意思地笑笑，「我也不知道，反正爺爺是這麼說的。」

不能生氣？這有什麼意義？

「陛下，會是混淆視聽之計嗎？」

「不會，鷹族是不說誑語的。」旻杉否定胡勤的猜測，「長老這麼說，一定有他的用意。」

就是不確定他的用意何在，旻杉不禁感到頭疼。

「小姑娘，妳確定……」他審視著她，「真的從來沒見過那個硃鷹標記？」

如果是銀子的話，那她身上鐵定有硃鷹胎記。

旻杉對白長老的話，絕不懷疑，這是白長老唯一告訴過他的線索。

「真的沒有。」

銀子很肯定地回視他，不像在說謊。

認識她雖然不久，旻杉卻已有了初步的瞭解，銀子也和鷹族的人一般，是不打誑語的，目前是萬事齊備，就欠那最後的問題不能得到解答。

銀子生氣後會發生什麼問題嗎？旻杉仔細考慮這件事的可能性。

但是，愛說謊的文文又有什麼關聯呢？

「啊！」慘叫一聲。

大家被文文的驚叫嚇了一跳，所有人往發聲處看去……

老天！才一會兒光景沒注意她，文文就不知道怎麼招惹到一隻野狗。此時正被牠緊緊咬著不放，而且……

正中屁股左方，位置正是在她左臀的中央。

「鬆口……」她痛得大喊，「你這隻爛狗，快鬆開口。」

旻杉等人被這等情景鎮住，每個人都瞪大雙眼看著文文邊跳邊叫邊跑地逃離現場。

「怎麼辦？」

等他們回過神來，文文老早跑得不見人影。

「天這麼黑，萬一她迷路了怎麼辦？」

「文文對山路不熟，一時緊張的她，說不定忘了跑到哪兒去了……」

「我去找她。」旻杉起身振振衣裳，「用不了多久，妳就和胡勤待在這兒，也許捕些獵物，弄點兒吃的，我答應要讓文文吃大餐。」

「我去好了，路我比較熟。」銀子有些怕怕的，但還是挺身請命，「萬一兩人都跑丟了，反而費事。」

「我去。」旻杉的語氣堅定，不容抗辯，「這個山上有土寇，讓胡勤保護妳。」

「可是，路……」

「我記熟了。」旻杉回答。

銀子還遲疑。

胡勤加入勸解，畢竟一族之主不可小覷，他對主子有信心。「銀子小姐，陛下是不會記錯的。」

「陛下？」

他為什麼老叫旻杉陛下？

銀子覺得詭異，這兩個人的身分……

「等等……」

「不用多慮，我去去就來，你們在這兒等我。」旻杉頭也不回地離開了。

＊＊＊

人在走衰運時，就連跑步的時候，屁股上都會多一條狗……

她本來就看牠不順眼了，沒想到牠更看她不順眼，一眼就跟她卯上了，緊咬著她不放。

「鬆口……」文文奔過一棵大樹，順便折了一段樹枝，「我打……我打死你……」回過身來鞭打那條狗，想甩掉這條惡犬。

結果牠居然變得更兇狠了，死咬著不放，文文因為沒看路，所以跑上了懸崖也沒注意，「我打死你，敢咬我……」

她學著牠齜牙咧嘴，被咬久了，連屁股都麻，也不覺得怎麼痛了。

夜晚的山風大得讓人站不住腳，更別說回過身和狗爭鬥的文文，她缺乏的不僅是平衡感，還有警覺心，都快走到崖邊了，還是沒察覺。

一個不小心，她踩到地上的小石子，「啊～～」

「啊……」她腳下一滑，連人帶狗一齊墜落崖底。

「都是狗害的……」情急之間只想到這件事。

這下子鐵定沒命，沒想到貴為龍王聖女的她，今天是死在山上的一條狗「嘴」裡，但是……總算甩掉牠了，也算出了一口氣。

說時遲那時快，在這伸手不見五指的黑漆漆夜裡，一隻如鷹隼般的灰影掠過，文文還搞不清楚狀況，就被一把拉住，止了坐筋斗雲直翻下山的命運，跟著好幾個美妙的迴旋，居然又回到崖頂。

「妳在搞什麼鬼？」聲音裡有著怒氣。

她不認識這個人，可是……卻有一股親切感。

「你……你的頭……」她指著他的額頭。

「我的頭怎麼了？」

令人驚訝的是，他的額頭上竟有著旻杉一直想要找的硃鷹標誌，可惜不是女的，否則她就去通風報信賺賞金。

「請問我見過你嗎？」這句話有點低能，「你可以跟我去領賞金嗎？」

「住嘴！給我過來！」他冷冰冰地罵著。

突然間，他垂下眼睛，好像聆聽什麼聲。

「怎麼了？」

「安靜。」

文文看著他，突然傻了，任他拖著一起走。

平常一點也不溫馴的文文，今天反常地乖巧，任著此人拖著跑，她不知怎麼地，就覺得一定得聽他的話才行，不敢違背。

他是繼龍敖和旻杉之後，第三個讓她感到對自己長相自卑的男子。

月光透過幢幢樹影，映照在他的髮上，看起來似黑非黑，反而有些近藍的光澤，一張俊臉寒冰似地冷，長長的眉毛直飛入鬢角，嘴唇也酷酷地抿成一直線，再加上額間的紅色硃鷹，此人簡直像神祇下凡。

「你……話不多喔！」她試探性地又開口。

他突然停住，蒼鷹般灰色的長袍在他轉身面對文文時在腳邊迴旋。

奇怪了，這個人身上所有的東西，好似隨時都打算起飛一樣。

他銳利的眼光迅速掃過文文全身，「妳為什麼會掉進山崖裡？」他冷酷的語氣隱約含著怒氣。

「呃……」她不知道要說什麼，「我忘了這兒是山上，以為是海邊，所以就和平常開壇祭龍王一樣，從上頭跳了下去，然後……」

「胡說八道！」他憤怒地打斷她。

果然和藍長老說的一樣，成天滿口謊口，沒一句真的。

「妳再說一遍！」他命令著，「要是再敢說謊，看我怎麼整治妳！」

「我……」平日以大膽著稱的文文，此時居然膽怯起來，「逗狗……被狗咬，結果……」她竟不敢說謊。

「結果怎樣？」他沉聲。

「只顧著打狗，就……」她垂下眼睛，俯首認罪，「沒看路，不小心就掉到崖下了。」

這種緣由，鐵定笑掉別人大牙，還是說謊算了！說實話太不智了。

「就跟長老形容的一樣莽撞！」他忿忿地哼了一聲，「妳曉不曉得……萬一我晚了一步，妳就像那條狗一樣！」

「那條狗怎麼了？」她差點忘了。

他嚴厲地看了她一眼，「在崖下摔成肉醬！」

文文打了個寒噤。

「好可怕。」這可不是恐嚇她，文文很清楚，「感謝你，剛才若是摔了下去，鐵定是人肉加香肉，美不美味就難講了，我們去撿回來吧！既然是山裡的野狗肉醬，可能要叫『放山狗』，就和放山雞一樣，可以賣貴一點，價錢……」

「住嘴！」

「是。」沒第二句話。

他瞪了她一眼。「又打什麼鬼主意？」

「我在想……恩公你叫什麼名字！」好不容易找到藉口，文文吁口氣。

「殷宇。」

「陰雨？」

好難聽的名字！

對方投來利箭般的目光。

「陰天下雨……蠻好的，蠻好的……」

「我該叫你雨哥？叫雨叔又怕把你叫老……」

她尷尬地笑笑，她該怎麼稱呼？

「叫大哥！」殷宇不容分說地命令她。

叫他大哥？為什麼要叫他大哥？

她又不叫「陰風」，姓陰名風，別號「慘慘」……

「又胡思亂想什麼？」他罵著，似乎知道她心中想法。

「是，大哥！」

她很命苦，被這個人耍來耍去。

「閉嘴！」殷宇冷瞧著她，「是我命苦才對，被妳這個小丫頭耍來耍去！」

「閉嘴，我明明沒開口……」

哇！他真的知道她心底想什麼？文文覺得毛毛的，這人該不是鬼怪吧？

「你……是是什麼鬼？」難道是水鬼？剛才不索她命，是想要什麼代價呢？

「就妳一個人？」殷宇仍是不理會她的問題，「旻杉呢？」

他認識旻杉？

既然這樣，文文的心就定了一點，「我被狗咬，所以先跑，銀子他們隨後就到。」

她對銀子有信心，她絕對不可能丟下她的。

「妳讓銀子跟旻杉一起？」

「你也認識銀子？不可能啊！銀子不會不跟我說，沒聽她說過你啊……」

「噤聲！」他瞇起眼，「旻杉來了，等會兒，妳什麼也別對他說……」

「大哥，你的視力好像很好，我怎麼什麼也沒看到，烏漆抹黑的，旻杉在哪裡？」

「鷹族的視力一向很好，妳先跟他回去，過幾天……我就會來接妳走！」他一手指向前方，「往那兒走，不要走岔路。」

文文點點頭，他說過幾天就來接她？

憑什麼來接她？

最近真是怪透了，而且事情最奇怪就在……

這個人所說的每一句話，在文文耳中聽起來都像理所當然，一點也不覺得有什麼好奇怪的。

她起程向著殷宇所指的路走，因為也不認得來時的路了。跑了一陣，她當然就迷路了呀！這是毫無疑問的。

才沒幾步，殷宇又飛掠她身邊，擋在她面前，「等等。」

「什麼事？」她糊塗了。

他嘆了口長氣，解下長袍給她，「把這披上！」

「為什麼？」

「衣服破了。」

文文經他提醒，才發現屁股涼颼颼的，剛才被狗咬破一個洞，「謝謝你。」抓過衣服披上，臉上不禁潮紅，「真是不好意思，春光外洩。」

「春光？我不認為。」

「哼，過分。」文文跺腳，「再見。」

話聲甫畢，文文就趕緊上路。

看著文文披著袍子離去的身影，「看來是瞞不住了。」

本想叫她回來，又不敢貿然帶走她，一切都還沒準備好，要想公主的元靈清明，必須找到重要的器物。

他們非將那重要的東西由旻杉身邊拿回來才行……

第七章

在夜晚追蹤對旻杉來說，並不費力，他擁有夜視能力。

地上的腳印一輕一重，左邊正巧是文文被咬的部位，若他沒有料錯，這就是文文的足跡……

「真的找來了？」

文文看見旻杉，好高興，沒想到那個「陰雨」真有兩把刷子。

「別動！」他的臉凝重，直視著文文後方。

一隻大黑熊正停在文文後頭，她毫無感覺。

「為什麼？」她發現旻杉直盯著後頭，也回頭看，「有什麼事嗎？啊～～」她怕得大叫。

實在不能不怕，那隻熊幾乎有兩個文文高，牙齒好白……好白……

聽見文文的尖叫，旻杉幾個飛躍就到她面前。

他輕輕一推將她推開到一邊，文文倒在地上。他無所懼地面對著那頭熊……

而後低吼一聲說，「滾。」

天哪！他居然對動物用命令句。

瘋了！這個人瘋了！今天是禍不單行，文文心裡這麼想，但是……

怪事發生了。

大熊居然出現了畏懼神情，像聽得懂旻杉的話似的，顫抖地放低身子，急忙地離開旻杉和文文面前。

旻杉走過來扶起文文，「妳沒事了？」他從頭到腳地審視她，「有沒有摔著哪兒？」

二次死裡逃生？

今天是怎麼回事？

「沒事了。」只除了被咬處隱隱作痛，但那是隱疾，在屁屁上，不可以說。

「那熊……怎麼那麼膽小？這樣豈不餓死？」

這樣也嫌？

「牠萬一不走，我們就得當牠的食物了。」旻杉提醒她。

她想不通，牠並不像很膽小，為何會逃跑？

當她回過頭時，熊站起來，露出森森白牙，那時可勇猛得很，肚子也好像很餓，一副滴口水的狠樣，是看到旻杉之後，才有了這樣的改變。

「牠是怕你。」她下結論，等著旻杉解釋。

她的確很聰明，沒多久就看出問題的癥結，「是的，牠是怕我，牠應該怕我的。」他將目光停駐在文文身上。

回應他的目光，她等待著旻杉的下文。

「妳是龍王聖女，應該知道傳說。」他不知道怎麼開口，會不會嚇到她。

「什麼傳說？」

旻杉考慮了一下，從懷中掏出那把她曾見過的玉扇……

「我看過了，那是你的妻子，不是嗎？」

「是的。」

她隨口應道，「不要再拿那圖畫來侮辱我的容貌，打擊我的信心，我知道她是絕色佳人，但我也不差。」

差得可遠呢！只是她死不承認罷了！

「也許是這樣，但在我心中，沒人能比得上她。」他手撫著扇上妻子的嬌容，「我的妻子也是鷹王的妹妹，鷹族的公主，看這鷹族皇室的標記……」

「你……」文文後退二步，「你不是人？」

她終於明白了。

他的確不是人，是神！旻杉苦笑想。

「你不是龍王。」她整理自己的思緒。

「我不是龍王。」旻杉承認。

「怎麼可能？我以為那些全是編出來的。」

「神話雖然有些是穿鑿附會，有時也有可信之處。」

他的妻子是鷹族公主，想到胡勤開口稱他陛下，那他是……銀狐陛下。

「你是狐狸精！」她驚叫出聲，「天啊！狐狸精……我認得一個狐狸精，怎麼會？你是狐狸精？」她嘰哩咕嚕地叫著。

「我是一族之主銀狐旻杉，我想……還是比較習慣聽妳叫我名字。」

「老天！」她開始胡言亂語，「我不但認識個狐狸精，還認得那個最頂尖的。」她還是一直不改口。

「所以，那熊看見我才會逃。」他是掌管大地之主。

「等等，讓我先吸口氣。」她深呼吸，想鎮定心情，「你是狐狸精，難怪長成這妖孽樣……」她拍著自己胸口，「不怕，不怕。」

她是龍王聖女，沒什麼好怕的，既然傳說都是真的，龍王也是真的，龍王會罩她。

「有什麼好怕的？」旻杉對她微笑。

文文被那笑容給迷住了，怎會有男人有那麼和煦的笑容？

「妳身上這件衣服怎麼來的？」

他早就發現她穿的那件銀灰色絲綢長袍。「這是男人的衣服。而且還不是普通人家能穿的質料。」

「對啊！是男人的衣服，別人送我的。」

這不是廢話嗎？

沒有人會將這麼貴重的衣服隨便贈人的，像這樣的衣物，幾乎等於一個普通人家年餘的收入。

「我想問妳……衣服哪兒來的？」旻杉苦笑，「我快要習慣……每回問妳話，都要問兩遍以上才會得到答案。」

而且還不一定是正確解答，他在心裡加上一句。

「老天！」

文文驚覺，剛才陰雨大哥的額上也有一個硃鷹標記，他……

也不是人？

怎麼她今天都發現一些不是人的東西？

他可能是鷹王嗎？

鷹王為什麼會要來接她？

問題一個接著一個地閃過文文心中，每一個都沒有答案，她警覺到旻杉仍在等待她的回話，那張俊美的臉上仍然帶著可親的微笑。

「嗯……」她也回他一個笑容，感覺更天真無邪了，「剛才看見有人掛在樹上，我覺得冷，就把它順手牽羊……」她比了個穿衣的動作，「賺了一件衣服，真是好好……好幸福喔！」

她真的很愛說謊，但說謊的技術又太不高明，荒山野地裡，怎麼會有人把貴重的衣服掛樹上？

那件灰袍在月光的映照下，閃著近銀的色澤，旻杉心念一動，想起這正是殷宇慣用的顏色，那輕柔似飛的衣料也不若凡品。

他來了嗎？

正想要問，看見文文的小臉，他按捺下問題在腹中，她總像一隻防備心重的小動物，又何必打草驚蛇呢？

「狗呢？」他改問這個問題。

文文正要回答……

「算了！」旻杉揮揮手，「我不想知道了。」

問她也不會說實話，還是別問省事，旻杉無奈地想。

「我們走吧。」

文文皺皺鼻子，「我不認得路了！」這句話可千真萬確。

「跟著我來！」旻杉拉起她的手，「我們不會迷路的，回到那裡，妳就等著吃晚飯吧！」

「大餐？」她的眼睛亮了起來！

旻杉憐愛地撫了下她的頭，「是的，大餐。」

「好好，好幸福喔……」

＊＊＊

餐點果然豐盛。

旻杉和文文和銀子他們會合時，胡勤已和銀子烤好山豬等著他們。

既然他們身分已公開，也沒什麼好顧忌的，胡勤有能耐徒手獵得山豬也不奇怪。

「很好吃。」文文反手抹了抹滿是油膩的嘴，「銀子的廚藝一流，可惜平常太小氣，都不買好材料。」

「餵妳是浪費糧食，我才沒錢買好材料餵妳，也不想想自己付多少伙食費，想要吃多好？」銀子反唇相譏。

這兩人之中真的有一位是優雅的鷹族公主嗎？旻杉微笑。

公主原本也有純真活潑的一面，只可惜和他相處的時日太短，他無法發掘出她內心特質，太多的壓力，也無法讓她生活快樂……

見到旻杉因事感懷，突然間黯然神傷，文文不由心中一震。

為何他的情緒會影響她？

銀子也發覺了。「又想你的妻子？」

旻杉抿唇不語。

「跟我們說一點她的事嘛！」文文冷不防地冒出一句，不知如何，她很想由他嘴裡得知他們之間的事。

旻杉將眼光調往文文的臉上半晌。

「求求你。」她用閃亮的懇求眼光央求著。

旻杉想想，由懷中取出一方錦帕，上頭繡著一隻展翅紅色血鷹，這方錦帕顯然包裹著東西。

「這是什麼？」銀子發問，她是挺好奇的。

旻杉示意她安靜，逕自將錦帕攤開……

「啊……」文文驚叫，而後舉起手捂住嘴巴。

裡頭是金釵。

這精美的雕工只應天上有，尖銳的釵身沾有黑黑的東西，令人看了毛骨悚然。

「妳吵什麼？」銀子奇怪地看了文文一眼，「只是個釵罷了！有什麼好大驚小怪的。」

「沒什麼！」

當她看見那首飾之時，居然心臟一陣劇痛，現在是沒事了，不過奇怪極了。

「沒錯，就只是釵，可是……我本來以為是很可怕的東西。」她胡亂解釋了一陣。

銀子也覺得詭異，「妳什麼時候覺得有東西可怕的？」

平日的文文是膽大包天的。

為了轉移銀子的注意力，文文不得不將話題引到那個令她看了就害怕的釵上頭，「你為什麼拿釵給我們看？」

好尖銳的釵啊！想死就靠近些，可以死很快的，她雙手放在胸口，發現心跳得也好快。

旻杉將釵遞到文文面前，她不自覺地微微後退閃開，反而是銀子伸手接了過去，見錢眼開的她，死盯著那美麗的首飾，已經快速地替它估算價錢了。

「這是我第一次見她時送她的禮物。」他輕緩地開口。

旻杉打開了話匣，陷入了回憶……

「這是我師父給我的訂情之物，她是鷹族的公主，我一見她就傾慕於她，因為領地之爭，鷹族跟我族不睦是連凡人都知道的事，那時公主已經被鷹族許給龍王，但還沒有收下龍宮的聘禮『避水珠』。」

旻杉開始講述他與公主相識的經過，這曲折的故事從一開始就吸引了文文，她聽得正是入神，被蚊子叮了好幾口都沒注意。

「那怎麼辦？公主許了別人又怎麼會成為你的妻子？」

「為了佔先機，我設計讓她收下這金釵，她在不知情之下收了金釵，反而預先收了我的聘禮，之後再拐騙她跟我回到宮中，成為我的皇后……」

他執起金釵，眼神迷茫，陷入當年的回憶之中。

之於旻杉和妻子相識的細節，其實文文比較感興趣的反而是旻杉對公主的心意。

他娶鷹族的公主除了打擊世仇鷹王之外，是否也對她存有愛意？

文文真的很好奇，因為她只能從旻杉的外表看出他喜歡公主，這故事淒美，所以她希望旻杉能深深地愛上公主，而不希望她只是兩強爭勝的犧牲品。

不過要從善於隱藏心意的他眼中找出真相，並不是那麼容易的事。

說著天都亮了，不支的銀子姑娘打了一個大大的哈欠。

「該回去了。」

旻杉對她們尷尬地笑笑，一談起她就忘了時間，當年所有的情緒竟全回來了，他一時忘情，也沒注意到眼前的對象只是普通的凡人，只顧著緬懷與愛妻相遇的情境。

但那一切都彷彿只在昨天似的。

「還沒說完呢！」文文抱怨，她還沒得到她想要的答案，「再說，再說。」

旻杉起身，振落衣袍上的灰塵，溫柔地拉起仍賴在地上的小文文，「以後多得是時間，我會慢慢說給妳聽的。」

聽他這麼說，文文居然有一股安心的感覺，她甩頭拋開那股奇怪的悸動。旻杉是個危險的人，她可不能太信任他，這個念頭在文文心中油然而生。忙不迭起抽回被他握住的手，她倒退好幾步，「走吧，走吧。」

「是啊，走吧！」銀子上前牽住文文，「天都亮了，待會兒孩子們會到廟裡等吃的，我可不能太晚回去。」她催促著。

＊＊＊

旻杉雖已記熟了來路，卻仍是讓文文和銀子兩人走到前頭。

像來時一樣，他主僕二人跟在她們身後，等到近了村落時，胡勤嗅到了煙火氣息，警覺卻仍不動聲色。

有一股詭異的不祥氣氛籠罩了文文。

有煙的味道，但不是清早時應有的炊煙，反而像是燒毀家園的烽煙。

文文強抑下恐懼的慌亂感覺，也不管別人覺得奇怪，她丟下伙伴往前奔去，不一會兒就將他們遠遠地丟在後頭。

村子被強盜搶了。

她最害怕的事情終於發生了。

剛才所嗅到的煙火氣息，是民房被燒毀，強盜趁著夜裡偷襲村落，她們因為跟著旻杉出去才躲過一劫。

不知傷者有多少？

眼下所見已慘不忍睹，文文心酸，她閉了閉眼睛，淚水就順著臉頰流下了，串串淚珠滾下，不見停歇。

他們那麼地信任她，而她對這種狀況卻無能為力。

「聖女……」哀鴻遍野。

倒在地上的傷者試著要起來，「聖女，我們……」

「別說話，你們等著，我去拿傷藥來，先忍著點兒。」

她含淚跑向龍王廟，衝進廟裡，翻箱倒櫃地找傷藥。

「妳終於現身了？」

「敖哥？」

龍敖從廟後進來，他的表情也是焦急得很，「我以為妳也……」

他以為文文失蹤了，還以為他慢了一步。

文文見到龍敖如見到親人，大哭出聲，「敖哥，我的村子……」

「我知道。」他走向她，輕輕地拍了她的肩。「我來晚了一步，當我發現趕來……」

已經來不及了。

他嘆口氣，雖然不說話，意思已經完全表達了。

龍敖一直很注意文文的安全，由於他只關心文文，所以心思全放在她身上，既然她不在村落中，也就沒感應到村落有難，等他發現，為時已晚。

但他保住了她的廟，文文的廟還沒受到侵害，但銀子的就毀了。

「妳找什麼？為什麼翻成這樣？」

他打量著被文文翻得零亂的周圍，東西全被散在地上。

「找藥。」經他提起，文文又跑回原處亂翻一陣。她拿起一瓶傷藥，「找到了。」

但只有一瓶。

「怎麼辦？只有這些，根本就不夠。」委屈的眼淚又掉下來，「我真是沒用。」

「不是妳沒用。」龍敖看著那瓶普通的傷藥，只是搖頭，「是藥沒用，沒有用的藥有再多也是枉然。」

文文抬起頭來看他，眼底有著濃濃的疑惑，「藥沒用？」

龍敖從懷中揣了一個玉瓶給她，「這個妳拿著，每個傷者敷一點，有神奇的功效。」

「謝謝敖哥。」

文文驚喜地收下藥瓶，對於龍敖的話，她從不懷疑，他幫過她不下千百回，沒有一次失敗的。

「不用謝我，很遺憾不能救回那些死者。」他悠長地嘘口氣，揮揮手，要她馬上走。「我先走了，妳快去救人吧！」

文文點頭點得好急，深深地朝著龍敖一拜，就頭也不回地衝出去了。

到半路，就碰到同樣緊急奔回來的銀子等人。

「怎麼樣？」

「如妳所見，全毀了。」文文喘著氣，「我急著救人去，妳快到妳村子那邊看看，聽說土匪是從海祿村那邊過來的，那裡可能比我們還嚴重。」

「我的廟呢？」

村被搶了是很糟，但銀子的廟是村人的希望。

「也沒了，被搶光了。」

文文照實回答，就算她現在不說，等會兒銀子自個兒也會看到，她還是先預警，免得她一見沒有心理準備，打擊過大。

銀子怒了，「土匪實在太過分。」

怒氣中的聖女銀子臉色愈來愈白，但額間卻出現異象……

胡勤大驚：「陛下，銀子姑娘的臉……」

怒極的銀子臉色不紅反白，額間竟浮出一片淡淡血影，漸漸形成鷹族的硃鷹標記。

「我看見了。」

旻杉震驚，原來銀子就是轉世公主，她的臉上浮出硃鷹印記。

文文也發現了，怎麼會……

「銀子，妳的臉……」

「我的臉怎麼了？」銀子打斷文文，很不耐煩，「我的廟比臉重要得多。」

「可是……」

她頓下來，因為被一旁孩子的哭泣聲轉移了注意力，孩子們圍著死去的母親。

她認得他們，是銀子的海祿村民，原本孤兒寡母相依為命，現在母親沒救了，孩子好像也受傷。

「還有時間說廢話？」銀子順手一指，「看到那幾個孩子了嗎？他們只剩下母親了，現在連她都死了，我的廟被搶了，要拿什麼去救他們？」

文文於心不忍，拿出龍敖所給的傷藥。

「不要哭。」她蹲在孩子身旁，「我幫你們上藥。」

有幾個可怕的傷口，讓文文看了連打幾個寒噤，她照著龍敖的吩咐，輕輕灑了一點在傷口上。

奇妙的事情發生了，那個傷口竟然迅速癒合，在短短的時間，就恢復原來的樣子，一點也看不出原先的狀況，連紅腫也沒有，完好如初。

顧不得驚訝，她趕緊替幾個孩子都上了藥，身體上的傷雖然痊癒，但他們母親已死，經過此次鉅變，幾個孩子眼中的滄桑令人看了揪心。

「妳就好好去吧！孩子都很乖，會好好長大的。」文文解下殷宇披在她身上的外袍，蓋在他們母親身上，「我們會照顧他們，沒什麼好掛心的。」她輕柔地對著死者說話。

現在她終於明白敖哥所說的遺憾是什麼了，就算有再好的藥，人死了是怎麼也救不回來的。

文文直起腰來面對銀子，此時四人圍成一個圈子，她背對著旻杉，面對著銀子，「妳的村子也需要救助，這瓶藥很有效，妳也分一些過去……」

她正準備將靈藥分為兩瓶，讓銀子帶點兒過去。

旻杉震驚。「妳後面……」

卸下外袍的文文雖然衣服只被咬破一點，但隱約看得出是一個胎記。

這個記號他太熟了，不管是何時何地都認得出。

文文也有硃鷹胎記。

這兩個女孩的身上都有硃鷹標記，究竟是怎麼回事？

他看看文文，又看看銀子，眼神在兩人之間調來調去，不知道該怎麼好？

「你瘋了？」文文罵他，「沒事不要亂叫，這種時候你來起什麼鬨？」

她很不客氣地瞪著旻杉，「要不就閉嘴，要不就捲起袖子來幫忙救人，文文我沒時間浪費。」

她正要離開。

「等等。」旻杉拉住她。

她頭也沒回，只停了腳步。「什麼事？」

文文只覺得身上一陣暖意，旻杉將衣衫解下搭在她身上。

「妳的衣服破了，就搭上這件吧，別再將它解下了。」

她摸摸衣服，「這是……」她可以自衣服上嗅到他身上的氣息。

他柔聲交代，「妳放心，我們會幫妳救人的，只要人活著，沒什麼好擔心的。」

文文鬆口氣，心知有銀狐親口承諾，應該可以將災害減到最輕。

他竟肯這樣幫她？

她還一直覺得他不可信任，文文感激地含著淚水，想到這兒，她的心中有萬千感觸洶湧。

「謝了。」

＊＊＊

首先是找到一個愛說謊的聖女亂指路，想讓他們白找一趟，然後住宿在鄰村龍王廟裡，又認得一個死要錢的聖女。

「陛下，這兩個姑娘到底哪一個是公主？」胡勤愁眉苦臉。

麻煩事兒是一樁接著一樁玩不完，好不容易確定轉世的公主就在這兩人之中，偏偏這兩個人都有胎記？

「本來以為找到了硃鷹胎記就真相大白，怎麼會知道……這兩人都有，陛下，莫非公主轉世後一分為二，變成了兩個人？」

「不會的。」旻杉很肯定，「公主只有一個。」

他也在煩惱，必須如何才能分辨出真假，想要聽從自己的心意找回公主，又感覺不到一絲連繫，這是最令旻杉感到痛苦的一點。

「現今只有一個方法……」

「陛下有好方法？」

「胡勤，我們回頭找白長老。」

旻杉記得長老曾教他，一有異狀千萬別輕舉妄動，妄動會壞了大事。

「陛下聖明，既然有了公主的下落，長老應該能夠找到方法喚醒公主。」

「我們先向文文她們告辭，離開幾天應該不會有變故。」

「陛下，長老會不會又躲起來了呢？」

狐仙的白長老喜歡隱藏行蹤，不會輕易露面。

「上次是例外，有了公主下落，我以君主之令召喚白長老，白長老會立刻趕來，時間緊急，我們往北走就可以與他會面。」

他帶著胡勤前往文文所在的海福村龍王廟，因為此廟是兩村碩果僅存的龍王廟，所以傷患都移往此處，成為暫時的醫療場所。

旻杉向文文和銀子告辭。

「你們要走了？」得知此消息的文文驚訝，「為什麼？」

她不想他走。

銀子勸她。「文文，人家已經幫了我們很多忙了，何況旻杉還有事要辦，期限快要到了，妳不要拖延他的時間。」

「我不管。」她的眼眶紅了，文文不停地吸氣，不想讓眼淚掉下來。

「只去幾天。」

「不許走。」她耍賴。

旻杉握住她柔軟的手，「我答應妳，一定會回來。」

求了那麼久也不答應？

文文臉色一變，「走吧！」她用力抽回自己的手，「要走就快點走，別在我面前礙我的眼。」

「文文？」銀子驚訝。

旻杉喟嘆，「妳好好保重，等我幾天。」

「要走就走，我不要再看到你，不要再回來。」她撇過頭去。

文文也不知道自己為何要這麼說，明明就不希望他走，可是……

又好像知道，當旻杉再次回來之時，所有的一切都不會和原來一樣。

「再見。」因為文文不搭理他，旻杉只好轉而對著銀子說。

銀子對他們點頭示意，送走了旻杉主僕兩人。

「一路小心，路上不是很平靜。」

文文聽見旻杉等人離開的聲音，一時，只覺得全身發熱，有種暈眩感覺。

「好了，人都已經走了，妳的頭可以轉回來了，也不怕扭到了。」

人都走了，文文還是不敢望向人已去的遠方。

幾天來的勞累，再加上前日被咬的傷口疼痛不已，全身就好似火燒一般，陣陣暈眩襲來，幾乎站不住……

「文文！」

銀子焦急的聲音，是她最後的記憶，恍惚中，來到一個花團錦簇的仙境，彷彿是前世風光……

第八章

仙界三族之中，龍族自然能泅泳，鷹能飛翔，這也難怪天狐一族得善用他們聰明頭腦來維護自己了。

俗話說最危險的地方就是最安全之處，誰也料想不到，天狐一族竟將未來的族長養育在世仇鷹族的屬地之中。

天狐陛下旻杉即將繼位，銀狐旻杉聰明絕頂，智識超人，是狐族的驕傲與希望。

「旻杉，再過幾天你就得回宮裡去。」白長老撫著他白色長髯笑著說。

旻杉在修行過程之中，事務都是由長老和族中的元老們代管。

「長老，為何我們修行的地點要選在鷹族地盤？」

「你能問出這個問題，我很欣慰，總算放心將皇位還給你了。」

這些年來，旻杉都住在深山中，此事他放在心中已好多年，直至今天才提出來問白長老。

「我們和鷹族相處最不和諧。」白長老指著天空，「但是他們本領高強，可以縱橫天際，我選最靠近他們的地方，主要就是希望你能就近觀察他們的生活，雖不願發生戰事，不過……知己知彼，百戰百勝。」

「那龍宮之屬呢？」

「龍王的族人熱情和平，我們不容易和龍敖起衝突，不似鷹王一族冷傲好鬥，好起爭端。」

「如此正如我所料。」旻杉原本也猜測到長老大概的用意。

「對了。」白長老從懷中揣出一只金釵，「這個給你。」

「這是……」旻杉怔了半晌，還是將釵接下。

這釵美麗非凡，但給一個男人做啥？

「你回到宮中，也該娶妻立后，算起來你也是我的弟子，怎能不給未來媳婦一個見面禮呢？這釵將是你給妻子的定情信物。」

旻杉一拜，「謝謝長老。」妥貼地收入袋中。

長老得意地哈哈大笑，「我就受你一拜，日後陛下千萬不可對臣再行此大禮。」

一陣細微的環珮叮噹響聲，移轉了兩人的注意力。

「長老？」

兩名少女相伴行來，婷婷嬝嬝的風姿美艷不可方物。

「在深山之中為何會有盛裝女子？」

走在前頭的一位衣著華麗，額頭有一隻展翅欲飛的血色硃鷹印記。

「皇族的標記，依我判斷，可能是殷宇的妹妹，鷹族的公主。」

白長老指著另一位，「那是藍長老的孫女，殷宇的未婚妻室。」

「那是鷹族的公主？」旻杉看見她第一眼，就被她純真的笑容給迷住了。

長老拉過旻杉，「我們先躲一陣子，看看她們要做啥？千萬不要被她們發現行蹤。」

他們輕輕一縱，便隱入幢幢樹影之中。

公主殷紋快步走在前面，藍銀在身後追著。

「公主，不行走太遠，被爺爺知道會罵的。」

「藍長老總是一派正經八百的表情，動不動就訓人。」

「妳沒有帶隨從就溜出來，回去不被訓是不可能的。」

「有什麼關係？」公主笑笑，「只要妳不說，我不說……」她賴皮地聳聳肩，「藍長老又怎麼會知道？」

「要是被陛下發現，他會責備我的。」

她還想拉著未來嫂子淌混水。「哥哥才不會罵妳，他要是罵妳的話，妳可以威脅他，不嫁給他……」

「拜託，妳和龍敖的婚期都近了，我今天要妳來找我，是想讓妳試嫁裳，不是要妳拖著我一塊兒鬼混的。」

「不要生氣，不要生氣……」公主開始緊張了，「不要生氣……」

「妳叫我怎麼不氣？」藍銀說話間，臉色愈來愈白，但額頭上卻浮出一塊淡淡紅影，「老是跟我唱反調，沒一點公主樣子……」

那紅影漸漸變深，最後居然也形成一隻硃鷹，懸在她的額頭中央，映著蒼白發怒的臉色，讓公主看得害怕，她看起來好兇。

「噢，這個印記在我臉上這麼多年，都沒在妳臉上那麼可怕。」公主拍拍胸口，「我叫妳別生氣，每回一生氣，就用這種表情嚇人。」

「回不回去？」除了她立刻回家，沒什麼好說的。

公主等了好半晌，那血鷹依舊盤踞在好友臉上不褪。

沒法子了！

「好嘛！走就走，妳怎麼那麼愛生氣？」

藍銀其實一點也不愛生氣，能惹她氣成這樣的人也不多，就鷹王兄妹兩人常讓她莫明其妙發火，而最近她臉上的印記愈來愈常現出，最後可能不會褪去。

果然，氣一消，她額頭的硃鷹印記又變淡，慢慢地隱去不見。

「走吧！」

她拉著公主打道回府。

「慢點……慢點走。」

「不行，聽說龍王今天要將訂親的寶物『避水珠』送進宮，我還想等一下跟妳回去，順道見識這名聞遐邇的寶珠。」

銀子拖著殷紋，毫無所覺地經過旻杉他們躲藏的樹叢，直到旻杉飛躍出來，擋住她們的去路。

「你是誰。」公主擋在好友面前。

藍銀沒有武功，又是被殷紋硬拉出門，所以她覺得有保護藍銀之責。

「兩位小姐請見諒。」

「大膽，為何擋住本宮去路？」除了保護好友之外，殷紋對這個陌生人充滿好奇。

旻杉遞出一個布包，「這是妳的東西。」

「什麼東西？」

公主殷紋不疑有他，當接下來，打開布包一看，發現是一只華美的金釵，她卻怔住了。

「這釵很貴重，我也很中意，但是……不是我的。」她很誠實地說。

「它是妳的。」旻杉堅持。

「真的不是我的。」公主搖頭，「我雖然很喜歡，不過……不是我的東西就不是，怎麼可以佔為己有呢？」

「我確定這是妳所有。」

「收下來吧！」藍小姐有點不耐煩了，「要不然得跟他在這兒糾纏多久？」

銀子發現不逼她們收下不罷休，也許要她們收下只是藉口，他糾纏她們不知道有什麼目的，想到此時孤立無援的狀況，讓她緊張萬分。

畢竟現在公主是跟她一道，而這金飾雖然精美，對於皇室也不算什麼珍品，她們大可以回去再找尋失主，從目前的狀況脫身才是重點。

公主覺得為難，「這真的不是我的，現在我是收下了，如果你找到失主，再到鷹族……」

「走啦，走啦……」她不讓公主繼續說下去，眼睛瞪著旻杉怒道：「你究竟讓是不讓？」

既然目的已達成，旻杉便側身讓出路來，「後會有期。」他的語氣低低柔柔的。

「遙遙無期。」她急拉著公主離開。

公主臨走前還深深地凝視他一眼，那眼神令人癡迷。

「陛下，人已走遠。」

旻杉回過神來。

「她是鷹王的妹妹，是宿敵的至親。」為何他一見她就癡迷？

「你把金釵給了她，你確定要這麼做？」白長老擔心地注視公主消逝的路面。

「當然。」他將釵給了她，意圖很明顯。

「她是龍敖的未婚妻室。」

旻杉斷然回答，「她不是，他是我的未婚妻子，她先收了銀狐的信物，龍敖的避水珠還沒送到。」

在他的心已被她牽動的此時，又怎能容忍她再投入他人懷抱？

「不愧是銀狐。」白長老讚許之心油然而生，但還是得提醒他，「這麼做之後，你等於樹了另一個強敵，龍敖是不會坐視不管的。」

沒錯，若是旻杉搶了龍王的未婚妻室，就等於和龍敖為敵，以目前三族對峙平衡的狀態，若是龍敖與殷宇聯手，會造成旻杉相當大的麻煩。

「長老不贊成？」旻杉很清楚，長老的心意並不會改變他的決定。

長老也中意鷹族的公主。「我相信你的決定，但鷹族不會將他們珍視的公主送到天狐一族為后。」

「我要搶人。」

長老點頭，「聽說公主身子骨不健朗，又是殷宇掌中的明珠，平日出門時可沒這麼輕裝簡出，你這計劃可要從長計議，否則不易成功。」

「謝長老提點。」長老的同意增強了旻杉的信心，「事情是儘快行動好。」

他很明白，殷宇絕對不會放棄和龍敖結親的機會而改將公主許配給他，必要時候得用搶的。

今天這個狀況給了他很有用的資訊，顯而易見，公主只有在到藍長老處才會放鬆戒備，這就是最好利用的一點。

＊＊＊

睹物思人，她持著金釵想著那天在山路上碰見的男子。

她想再見他一次。

是否他還是像那天一樣的俊朗？

自從回來之後，公主就不時地想起他，想他帶著微笑將釵給她的神情，專注且若有所思的神態，真的很迷人。

「真是漂亮啊！」她反覆地看著那釵，「他為什麼說……這是我的呢？」

怎麼會有人將這麼貴重的禮物遺落山中？

「真的好玄。」

婚期將屆，新娘卻在這裡想著另一個人，若是龍王知道會有何感想？但這時公主殷紋可顧不了這麼多。

龍王視她如親，從小就包容她，公主身處深宮，沒見過什麼外人，對陌生人感興趣是應該的。

「我到藍長老那兒去一下。」公主隨口交代。

她信口交待了身邊的侍女，早晨藍銀就派人來稟告，嫁裳差不多完成了，在宮裡待久悶了，殷紋不想待嫁衣送來，想找個藉口偷溜出去透氣。

「可是……」

「陛下問起，就說我去藍銀那兒。」

至於其他人，以她身分之尊，也不必向其他人解釋。

上回到藍長老處試的嫁裳尚有一些需要修改的地方，藍銀是鷹族第一巧手，公主的嫁裳委託她製作是理所當然。

而且這件精美的嫁衣也是藍銀給未來小姑的一個人情和禮物，接下來就準備籌辦她自己的婚事，鷹王陛下大婚慶典，自然也是盛大非凡。

公主並不熱衷於婚禮將著的美麗彩衣，而是想再到藍長老那兒去，說不定又可以遇上那天的人，她真的想再見他，還想再見他。

「我自個兒去就行了，不要帶一群人跟著我。」

「公主……」

一想到身後有一堆跟屁蟲，她就頭疼起來，玩興大減。

她堅持著，「藍長老那兒不會有麻煩，誰敢在他眼皮底下找碴兒？」

藍長老的威名遠播，有誰不忌憚幾分？

「可是……」

「不用多說。」打斷侍女們的話，她轉身離開，「誰要是跟來，我就要她好看。」她虛張聲勢威脅。

所有人都忙著準備婚禮，反而戒備鬆了許多，除了照顧她生活起居的女侍，其他的人幾乎都有事做，她兩三下就輕輕鬆鬆地開溜了。

興致一來就不知輕重，不管自己莽撞行動會替多少人惹下麻煩！

第九章

人是如她所願地見到了，但公主沒有想到竟是現今這般情景。

她剛到藍長老處沒多久，試了衣裳就忍不住跑了出來，還搞不清楚狀況，就被他擄來。

「請藍小姐告訴鷹王陛下，公主旻杉帶走了，她與我訂親在先，有金釵為證。」

他在鷹族地盤擄人，自認理由充分地要藍銀轉告鷹王陛下殷宇。

只是這一路，卻不像他的理所當然的表現，旻杉帶著她一路奔馳，披星戴月一刻也不休息，可見也是擔心被鷹族鐵騎部隊趕上。

他日行萬里，不用座騎，被他拉著跑比乘風還快，不知道與鷹王陛下的御風密技誰佔勝場？

「你曉不曉得……我已經訂親了？」她試探地問。

「當然……」旻杉頭也不回地拉著她跑，「妳跟我訂親了，剛才沒聽我對藍小姐說嗎？」

她聽見了。

這個魯男子居然對她們宣告，她是和他訂了親，而且她才剛知道他的身分，他居然是銀狐旻杉，是哥哥一直防備的大敵。

「我跟你？」公主長長地嘆了口氣，「我是跟龍王陛下訂親。」她糾正他。

「妳收了我的信物。」

她收的這個釵就是他口中的「信物」。

「如果我哥哥知道，不曉得會有多生氣，他絕不肯與天狐一族結親的。」

「同樣，我也不想娶他。」

聽見他的回話，殷紋笑了。

但她多麼傻啊！還拚命地想再見他一面。

「現在要帶我去哪兒？」她顯得有些無奈。

「回去成親。」

「天哪！」

「我不希望妳反對，妳就算反對也沒有用。」

「至少應該讓我哥哥參加，你該通知我哥的。」

她沒有反對，這個發現讓旻杉雀躍不已。

旻杉警覺地觀察周圍的環境，殷宇隨時都可能追上來。

「這個理由很正當，妳想替殷宇拖延時間？」

旻杉拉著她的腳步仍和乘雲駕霧一般沒慢下來。

「而且我已經算是通知他了，剛才不是告訴藍小姐了嗎？」

「完了！剛才擄人的宣告讓哥哥得知後，藍銀可能會倒大楣。」

哥哥一發起脾氣，方圓十里都要被他的臉色給凍成冰了，不知好友會有什麼下場。

鷹王陛下他……總不該連未過門的妻子都刁難吧？

「你成親的儀式不用女方親族參加嗎？」

「這次不用。」

這次？他想要成幾次親？

回答可真是簡潔俐落，她怎麼會遇上這種事？

在這奇怪的情形下，公主突然發現情況的好笑，忍不住邊走邊笑了出來。

「有什麼好笑？」她絕對不是因為被擄很高興，「嫁到我家不好嗎？」

「我根本就不認識你，又何來評論？」她仍是笑不可抑，「就算是搶親，你也不一定會成功，赦哥也會來救我的。」

她對龍王有信心，他不會丟下未婚妻室不顧的。

「到時生米煮成熟飯，任誰來救也來不及了。」

「粗鄙。」

「總之，我的妻子誰也搶不走。」

「哦？」她瞭解他的意思，「如果你的未婚妻被人強佔，當找到時已成為別人的妻子，你會怎麼做？」

「很簡單。」他朝她微笑，「讓她變成寡婦，不是又變成我的嗎？」

言下之意，就算是被搶回去，他也不會放棄。

「好殘忍。」

好恐怖的獨占慾，她打了個寒噤。

他看出了她的憂慮，「別怕。這種事永遠不會發生在我們身上。」他安慰地撫了撫她的臉頰，腳步微微停頓，「現在要擔心這種事的人是龍敖，而且他想要讓妳成為寡婦也不是件容易的事。」

他繼續拉著她趕路。

「累了我抱著妳走，別停下來，等回到宮中就安全了。」

＊＊＊

殷紋即將成為旻杉的新娘。

天狐一族皇宮隱密，城池固若金湯，而殷紋被藏在最安全的地方。

旻杉隱藏行蹤一流，殷宇到目前還沒有找到她，紋紋可以感到親人憂心如焚的心情，兄長總是與她心意相連，但是……

經過和旻杉相處這段時間，她已被旻杉的溫柔及無微不至的呵護打動，深深愛上了他。

這並不奇怪，她原先就對他有好感，他風采卓絕，又以迅雷之勢將她捲入感情的漩渦之中，讓她深陷不可自拔。

他也是愛她的吧！要不為什麼甘冒如此大的險將她帶回來？

他們在最短的時間之內行了禮，她已經決定為他放棄家族，放棄了對未婚夫龍敖的忠誠，自她有記憶開始，就以為自己要嫁入龍宮，沒想到……

算了，紋紋不去多想，愧疚壓得她抬不起頭來，她的婚姻竟是不受祝福的組合。

「想什麼？」他順著她的秀髮，她的髮比絲更柔軟。

「嗯……」她連忙搖頭否認，「沒什麼。」

她將頭靠在旻杉肩窩，除了對他的愛，她什麼都失去了。

「除了你之外，我什麼都沒有了。」她幽幽地說出內心的話。

他看出了她的傷感，但被她倚靠的感覺卻讓他如此歡喜。「我喜歡這樣。」

旻杉心疼地擁住她，「除了我以外，妳什麼都不需要。」

她需要的。

每個人都有許多珍視的東西，但她明白，為了他……

她願意放棄那些原本她重視的事物，但為什麼別人就不必做出這麼痛苦的抉擇呢？

旻杉知道她為他放棄了多少嗎？

「殷紋，不要多想，不會有事的。」

他當然知道，聰明如他，又怎會看不出妻子的心事呢？

旻杉不捨，他輕撫她柔細的面頰，俯首將唇印在她唇片上，她輕嘆地靠緊他，任他舌頭分開她雙唇探入其中，感覺他的肌膚緊貼著她身體。

紋紋雖然吭也不吭一聲，但旻杉可以感覺到她呼吸急促，在懷中的她微微顫抖著，是那麼地惹人憐愛，他移開雙唇凝視著她的臉龐，她眼睛緊緊地閉著，睫毛像被微風拂動般顫動著。

旻杉忍不住吻了她閉上的眸子，呼吸的熱氣拂過她耳邊，他拉住妻子雙手放在胸前，「讓我感覺妳。」他用請求的口吻說著。

原本害羞的她，有了他的允諾，放肆地讓溫暖柔軟的手在他胸前移動，他的身子和她是那麼不同，黝黑和白皙、堅硬及柔軟……

旻杉呻吟，抱著她順勢躺下，長髮似緞子般鋪在他們身下，他撐起身子，避免自己體重壓住她，激情眩惑地令他眸子變成了幽深的黑色，他輕柔地分開她，眼中還帶著猶豫，她緩慢地張開眼睛凝視他，眼神有著無可置疑的信任，然後他便不再遲疑，深深地衝進她體內。

他的吻堵住她痛楚的喊聲，星眸中有著激情和慾火，驚人的熱情包圍著她，讓她忘了原先擔心的瑣事，靠著他呢喃著，全心投入熱情的衝擊之中。

第十章

離開海福村的旻杉和胡勤君臣兩人北行，為了確認轉世公主的身分，他們必須找到白長老。

「陛下，我們還要走多久？」

玄就玄在這裡，連旻杉都不知道究竟要走多久，白長老才會出現。

「長老沒有理由躲我。」他凝神靜思片刻。

「那白長老為何不現身？」

「你瞧，不是就在前頭嗎？」

胡勤聚精會神地看著，前方什麼也沒有，「陛下，你看見什麼？」

眼前只有白茫茫霧氣一片，真的什麼也沒有。

奇事發生了，就在胡勤發問的當時，那白色的水霧竟逐漸形成一個人形，那不是白長老又是誰呢？

「參見陛下。」

旻杉扶起正欲行大禮的白長老，「師父免禮。」

胡勤已耐不住性子開口了，「長老，我們找到了兩個有胎記的姑娘。到底哪一個才是真的公主殿下？」

「不清楚。」長老笑著搖頭，感覺像個慈祥的長者，一點也不像老謀深算的狐族長老。

「連您也不知道？」

「但你們找對了，其中一定有一個是公主。」

「這不是廢話嗎？」胡勤抱怨。

旻杉上前，「請師父明示。」

「有一個人一定知道。」

「誰？」

「紅婆子。」

「紅長老？這是長老第二次提到她了。可是要到哪裡去找紅長老？您不是說不清楚她的行蹤嗎？」旻杉沉吟。

白長老似乎胸有成竹，「公主的行蹤都找得出來，這時要找她還不容易？有了範圍就好找，我能帶你們去找她！」

白長老掐指一算，示意旻杉二人跟著他走。

旻杉愈走愈驚，這條路就是回程的路，紅長老難道一直在海福村附近，而他卻一無所知，毫無所覺？

紅長老個性好動易驚，是紅兔精成仙。

旻杉跟著白長老，若不是白長老的神通廣大，就是紅長老不想隱瞞自己的蹤跡，較之過去十八年的苦尋，這次幾乎是不費吹灰之力。

紅長老果然就住在海福村旁，當旻杉等人趕來時，她正在小屋旁邊的土丘屋下乘涼，似乎知道他們會來，她並沒有露出驚訝表情。

一向天真開朗如孩子般的紅長老反常地悒鬱，實在令人奇怪。

「旻杉拜見婆婆……」他跟著妻子從前對紅長老尊稱。

「你終於也找來了，旻杉。」聽語氣像是等他很久了。

「婆婆，您為何不早現身？」

「何必心急，你找到了她，我又怎麼會不出面見你？」

紅婆婆的態度不友善，想必是為了公主懷恨，心結未解。

他很無奈，但紅長老是他唯一的希望，「您能幫我嗎？究竟誰才是公主？」

「你不知道？那其他人怎麼會知道？」紅婆婆很冷淡。

旻杉聽出了語病，「其他人是誰？有人來過了嗎？」

難道龍敖捷足先登？

想著便讓他冒出一身冷汗，好不容易走到如今，他不能在將竟全功之際失去她。

「全都來了。」她冷冷地說。

聽見這個消息，冷靜對旻杉已成幻夢泡影。

「殷宇和龍敖嗎？」他提高了聲音，語調中有著濃濃的恐懼。

「別擔心，來了也沒有用。」

她瞪著旻杉，示意他稍安勿躁，但打量著旻杉的眼神卻顯得著急得很。

多計善謀的白長老發現了異狀，暫不動聲色觀察著。

紅長老忍不住了，「那釵……你帶在身上嗎？」

「釵？」旻杉不解。

白長老明白了，「沒有那釵，誰也搶不走她，勝券在我們手上。」

「什麼意思？」

旻杉不瞭解他的意思，釵很重要？

金釵是愛妻的遺物，除了對他有紀念作用之外，還會有什麼用處？

「若不是有原因，殷宇和龍敖老早就將她帶走了，難道你以為他們不知道她在哪兒嗎？」

「我明白了，他們知道她的下落，但卻仍然將她留在村落中，就是為了避人耳目，不想讓我找到她。」旻杉想通了。

白長老點頭，「鷹王陛下至今仍無法讓公主恢復，想必一半的癥結是出在你身上。」

「就是那釵，公主自盡的金釵。」

旻杉取出金釵，這是他們定情的信物，也是她自戕的兇器。

每回見到這釵，憶及它曾刺進她的胸口，旻杉同感錐心刺骨，他留著這釵，無非是自我折磨，幾次想要丟棄，卻又因這是他們定情信物而戀戀不捨。

白長老大膽斷言，「要救回她，使她回復從前的記憶，就非得那釵不可。」

紅長老點頭承認，一見已被識破，她就打開天窗說起亮話了。

「是的，本以為這釵可在墓中找到，但是卻令我們失望了。」

聽這話可知鷹王和龍王已到墓中尋找過了。

「我貼身收藏，她都走了，我又如何能捨棄……她的遺物？」旻杉的聲音嘶啞。

「後來經過探訪，仍然不知道金釵的下落，我們也猜到了，既然找不到，一定就在旻杉身上，但誰也沒料到你竟會將傷心之物留在身邊將近十八年啊！」

「就因為那是她自毀之物，我更是要隨身帶著，以待來日相見。」

沒想到癡戀的心情竟然牽制龍敖和殷宇兩人，讓他們為了這釵被他牽制近十八年。

「期限緊迫，就算你不找來，我也得要找你了。」

「真的？」

紅長老無奈地說，「我總不能讓她又墜入輪迴之中吧！她是我最心愛的孩子……」講到這兒，她看來似乎老了廿歲，不復平日的活力，「她為了一個行事不經大腦的混小子放棄仙籍，我卻不願意她墜入輪迴。」

她明擺著臭罵旻杉。

「婆婆，是……文文嗎？」他早就懷疑了。

「你知道為何還來求我？」

「真的是她？我有預感是她，但是……我從文文身上看不出任何感情連繫，也看不出與我的感情，她已經將我全忘了嗎？」

「你害得她那麼慘，還想要她怎麼樣？或許她已不愛你了。」

旻杉重重一震。

紅長老看見旻杉深受打擊的模樣，不禁心軟。

「而且……你忘了她臨走時說的話？」她死盯著他，「真的能忘得了？」

「我怎麼能忘？」旻杉的聲音啞了，「怎麼能忘……」

不再露出真心……

永遠不說真話………

這話竟已深刻在她心頭中，讓她連轉世也忘不了？

怪不得她老是說謊……

莫非他遲了一步，為何總是那麼坎坷？

但她真的對他毫無眷戀？

第十一章

「文文何時會醒來？」

「只是被狗咬，怎麼會這麼嚴重？」

銀子不解地對著昏迷沉睡中的文文。

「又不是瘟疫，而且村子裡的人都沒事啊？」

瘟疫是會傳染的，這件事誰都曉得，不必她再多說。

龍敖當然知道原因，不過他懶得解釋，說了銀子也不懂。

這十幾年的平靜日子過得可真快！已經到了最後期限，若再不找到金釵施法，殷紋將會死去，墜入輪迴。

龍敖已遣使者去通知殷宇出動所有密使去找旻杉，希望能讓文文復原的金釵能拿回來，救文文一命。

若是文文回來，他們將再續前緣，舉行大婚儀式，只要他將文文接回龍宮，以後旻杉也無計可施，可保文文將來平靜無波，不過……

看著文文愈來愈蒼白的面容，連他也不確定文文是不是撐得過這段時間。

還有一關要過，他們得在旻杉面前帶走文文，這非常不容易，旻杉絕不可能不干預。

「來了。」他突然出聲。

「什麼來了？」銀子錯愕。

「旻杉來了。」龍敖站起身來，「我要離開了。」

為什麼旻杉來了，他就要離開？

銀子滿頭霧水，而且他又是怎麼知道旻杉回來了？

這些人是怎麼了？

全都這麼神經兮兮地說來就來，說走就走，文文現在生命垂危，難道他們都沒同情心嗎？虧文文還將龍敖視為平生知交，知己好友。

她沒想到，龍敖才剛走不到一刻鐘，旻杉就真的回來了。

隨行的不止是胡勤一人，還多了兩個老人，一個全白，一個全紅的怪人。

「文文怎麼了？」

銀子嚇了一跳，旻杉焦急的臉色比文文還難看。

「真的回來？」銀子仍在驚愕中，「怎麼那麼準？」

「龍敖剛走？」

這個他也知道？「你跟龍敖認識？」

銀子發怔。

旻杉見銀子老發愣，知道也問不出什麼東西，拿出備在手中的金釵，轉向紅長老。

「婆婆，請指示，現在我該怎麼做？」

「很簡單。」紅婆婆比了個用金釵刺胸口的動作。

「什麼？」

「旻杉，你得讓她再死一次。」

「不。」

他怎麼受得了？

「在我施法持咒的同時，你就得動手。」

旻杉痛苦地閉上眼，他怎能再承受一次那樣的痛苦？他寧願刺向自己。

「不……」

紅婆婆嚴厲出聲斥責，「你給我振作點，就算不用這金釵刺她，她也會死於這場大病，這回可是真死絕死透了，別說是殷宇，就算佛陀再世也救不了她，難道你希望這樣？」

什麼？要用金釵刺文文？

銀子聽到大驚，往前一衝，用身子保護住昏迷的文文，「不許你們殺文文。」

「放手。」

銀子死命抱著昏迷中的好友，「她已經半死不活了，你們還想要殺她？有沒有人性啊你們？如果一定會死，就讓她好好地去吧。」

「銀子，他是我的妻子。」

「不可能的……」她不敢相信，眼睛瞪得像是銅鈴一樣大，「差那麼多。」

很顯然地，她是指容貌，若是文文現在神智清醒，不對銀子發頓大脾氣才怪，她一直覺得自己長得也不算是醜。

「是的。」旻杉凝視著昏迷的文文，那天真無邪的臉龐下藏著妻子的靈魂，「她是不一樣了，但是……」他悠長地嘆口氣，「不管她變成什麼樣子，都還是我的妻子，我一樣深愛不移，不論是醜是妍，她就是她，沒有分別，只求她能回到我身邊，我不會害死她的，銀子，請妳放開文文。」

「可是……」銀子遲疑了，「你們刺她，她……會死的。」

這種不肯定的心情，旻杉也有，他比她還怕。

「長老……」

「如同火鳳重生，她會活的。旻杉，你將她扶起，就從背後抱起文文，把釵抓在她手中，用力往胸口刺去，千萬不可以遲疑。」

紅長老每說一個動作，旻杉就照做一個，到了用金釵刺胸之時，紅婆婆開始掐訣持咒，銀子不忍再看，急急往外衝去。

旻杉恐懼，萬一刺下之後，文文香消玉殞，再也醒不過來怎麼辦？

當初她自戕時是什麼心情呢？

像他此時一樣痛苦不堪？

千萬的念頭在旻杉心中閃過，最後，也顧不了那麼多了……

他吸口氣，鎮定心神，抓緊文文的手往心口刺下。

「啊……」

在外頭的銀子聽見文文的慘叫聲。

她原地轉身，飛快衝回，裡頭的景象令她驚叫出聲。

「怎麼會這樣？」她打個寒噤，差點連話都說不出來。

原先躺在床上的文文正被紅色光環團團圍住，就像是血光四濺，好不嚇人！

「噤聲。」白長老出聲斥責，「不要吵。」

她指著床上的女人。「這不是文文……」

眼前的女子有著傾城容顏，正好跟那扇上美人長得一模一樣，醒目的紅色硃

鷹正盤旋在她雙眉之間。

這不正是鷹族的美麗公主嗎？

「你們把文文藏到哪裡去了？」

「她就是文文。」旻杉立在床邊，癡癡地守望著她，「我的妻子。」說話之時，他仍一瞬也不瞬地盯著她看。

對了，他們說文文是他的妻子，那就是這個女子？

她變了長相？

紅長老大喜，「沒想到連容貌也變回來了，真是太好了。」是件喜事，但大家都知道，只要公主回來，對於旻杉來說，容貌反而不重要了。

「為何她還不醒？」旻杉開始擔心。

文文一點反應也沒有，除了容貌變回之外，就跟剛才一樣直挺挺地躺在床上，一動也不動，他實在很擔心。

「等她十天。」

「十天？」

「這十天之內，任誰都不能打擾。」紅婆婆極為慎重再三叮囑，「絕對不許碰她，不許移動她。」

「好。」

她金釵刺胸卻仍能保命，這次旻杉連原因都不敢問就接受了紅長老的命令。能尋得妻子並找回她，他只能感恩。

這許多年他都等了，哪裡還在乎這區區的十天呢？

旻杉雖然心焦，卻仍用這句話安慰自己的心。

而一旁的銀子也有擔心的事，要怎麼告訴海福村的居民，他們彌留的龍王聖女在一夕中變了個人？

這事情離奇得讓她不知該怎麼去解釋。

不僅不再是他們的聖女，還變成鷹王的御妹，鷹族高貴的公主殿下。

更別提是狐王陛下的天后了。

＊＊＊

「文文，文文……」

文文被堅定且清楚的叫聲吵醒，她緩緩睜開眼睛，銀子正趴在她床邊守護著她。

但這個聲音卻不是從沉睡中的銀子口中發出，銀子早就不支倒地，陷入香甜的夢中。

「文文，文文……」

她又聽見了。

她轉頭四望，好像沒有其他人聽見這個聲音，聲音很熟悉，是鷹王陛下，也是殷紋的哥哥。

她聽見兄長在呼喚她。

才一醒來，往日的記憶一下子回到腦海中，就像是作了一場大夢，如幻似真。

殷紋起身下床。

她經過鏡前，看見鏡中身影，她停佇注視。

這久違的面孔，她……真的回來了。

殷紋閉上眼睛，深吸一口氣，當她睜開雙眼，除了被旻杉傷害的痛楚隱約猶在，她幾乎已經是另一個人，擁有過另一段人生了。

文文，她能以鷹族的公主身分再活下去嗎？

她喜歡文文開朗活潑的個性，雖然防備心過重，但可避免讓自身受到傷害，她已學會教訓，當年那個鷹族公主所犯的錯誤絕不會在文文身上發生。

殷紋一面往外走去，一面在心裡發願，絕不再重蹈覆轍。

「妳終於來了。」

文文抬頭望向聲音來處，殷宇藏身在南方的大樹枝頭，他俯瞰著妹妹，衣袂飄飄，瀟灑地立在風中。

「哥……」她有些膽怯。

當見到殷宇，她才明白，即使經過了那麼多風波，親人總是親人，親情從未滅失，陣陣暖意湧上她的心頭，淚水如決堤水流不可抑止。

殷宇飛落在文文身邊，「傻孩子。」

文文投入他懷中，泣不成聲。

「什麼都過去了，別哭了。」他柔聲安慰自己唯一的妹子。

他原諒了她。

在這時刻，文文才深刻瞭解哥哥有多麼愛她，她做了那麼多錯事，又為了旻杉背棄了族人，他全原諒了她。

千言萬語不能表達她的心情，文文只是不停地流著淚，兄妹親情令人動容。

「時間不早了，我們該上路，要快點起程才行。」他輕推她，替她拭淚。

「走？要走到哪裡去？」

殷宇臉色遽變。

「不走還留著幹什麼？難道妳對旻杉還有眷戀之意？」

「不，都過去了，我對他怎會留戀？」她臉上有決絕神情。

「那好。」

他拉著她就往前行，文文乖巧順從。

「回家嗎？」

「不要問。」殷宇防範隔牆有耳，「這次全部都由哥哥安排，妳放心好了，不會再有差錯，都交在我手上，沒人再能煩妳。」

神神祕祕的。

此時的殷紋大難不死，身為鷹族公主與文文兩世的記憶混合，但她仍是對哥哥的做法和主意沒概念。

也罷。她什麼事情沒經歷過？

如今她已兩世為人，不再是少不經事的孩子了，加上了文文樂觀的個性，沒什麼大不了的，船到橋頭若不直也難不倒她。

第十二章

今日就是第十天。

早晨，旻杉依例到文文房裡去探她。

文文醒了嗎？

他抱著期待踱入房裡，只見銀子正伏在床上睡得香甜，卻不見文文人影。

「銀子……」他搖醒她，「文文呢？」

文文不見了。

「對啊！」銀子揉著惺忪的雙眼，「文文她人呢？」

不好。

旻杉不待她清醒便往屋外衝。「文文……」

他四處搜尋，沒有線索，不用太多暗示，旻杉就完全掌握了狀況，也知道事實的真相。

紅長老背叛了他。

「婆婆，妳為什麼要對我說謊？」

紅婆婆無話可說。她知道以旻杉的機敏和領悟，一定會被識破，她瞞不了多久，但沒想到這麼快。

「怎麼？」白長老詫異。

「文文第九天就會醒對嗎？」

不愧是銀狐陛下，他居然猜出答案。紅長老無言以對。

「紅婆婆，文文呢？」

紅長老不敢說，怕自己說出的話都會被旻杉當作線索，還是不說為妙，少說少錯。

白長老怒向紅長老。「她走了？」

旻杉頹然，突然覺得累了，他扶住牆邊緩緩落座。

這次可跟上回不同了，恢復記憶的殷紋，如果不想被他們找到，有了鷹王和龍王兩個大靠山，誰也找不到她，就算找到她也很難接回她。

旻杉的心如刀割。

「紅婆子，妳為什麼要這麼做？」

這是一石二鳥，先叫旻杉拿出金釵救治公主，之後要他等十天，明明九天就會醒，卻故意說成十天，就是為了替鷹王爭取時間，當殷宇九天期限一到，正好早一天帶走公主。

「真是高明。」

只是簡單的一個說法，就可以阻止他們重逢，不讓紋紋和他重聚。

紅婆婆一向不偏幫三族任何一主，之前她便不贊成旻杉與紋紋的婚事，她這麼做，不是偏幫龍王，無非是認為紋紋和他在一起不會得到幸福。

他不能怪她，而且現在他還是需要紅長老，旻杉自知，沒有紅長老的幫助，他絕對找不回她了，就連和她道歉的機會都沒有。

想到再也見不到文文，他心碎了。

「婆婆，我求您。」他的懇求讓鐵石心腸的人也心軟。

「求我也沒用，紋紋和龍敖在一起比較幸福。」紅婆婆忍住同情。

「我求您……」

白長老氣得直跺腳，「果然和龍敖與文文的婚事有關。我們旻杉哪裡比不上他？」

紅長老斜睨白長老，「至少龍敖不會欺騙文文。光這一點就比旻杉好上幾千幾萬倍了。」她嘆口氣，「得不到就用騙、用搶的，真不知道你這個徒弟是怎麼教出來的？」她看了眼旻杉，「我早知道你教不出好徒弟，他是個好孩子，不應該拜你當師父的，你不夠格。依我看來，旻杉這孩子根本就是被你毀了。」

她知道旻杉深愛紋紋，但不能同意他的方法。

白長老老謀深算，知道在這時候不能和紅長老起衝突。

此時旻杉尚有求於她，不可激怒紅長老，所以他按捺下胸口的怒氣，暫且不發一語。

「如果我答應您……會改變，旻杉的心機將永遠不對文文呢？我發誓。」

他的保證可以相信嗎？

她太清楚狐族的不擇手段勢在必得的決心了。

紅長老猶疑著，「不行，這樣對龍敖太不公平了，如果當初不是你來攪局，他跟紋紋兩個人早就過著幸福快樂的日子。」

「紋紋不會跟龍敖過幸福日子的。」他斷然說。

「何以見得？」

「她愛的人是我。」

她曾對他說過。

旻杉忐忑的心也需要回憶保證，他將她曾說過的每句話都珍藏心底，全都記得清清楚楚。

「紅婆婆，她曾說過，她愛的是我，當她愛的人是我的時候，又怎能跟別人擁有幸福日子呢？」

紅長老同意。

「但那是以前的事了。」她清清喉嚨，殘酷地提醒他，「現在的紋紋也許已不相同，旻杉，你很多年沒跟她在一起了。」

「那不是我可以選擇的命運。若能得回她，我將不讓她再離身邊半步，請不要再用這件事來責難我。」他痛苦地垂下眼，緊抿的唇微微抽搐著。

紅長老看他的樣子，實覺不忍。

「的確，這不能怪你。」她緊盯著旻杉的眼睛，「但你不能否認，這全是你造成的。」

當初的情況殷宇和龍敖應該都算得上一份，但旻杉卻不為此和紅婆婆爭辯。

「從前的事……我不想再深究，若能得回文文，都算我的錯也成。」只要能得到線索，他不計較。

「婆婆，我是真的愛她。」旻杉屈膝跪下，「求您成全。」

旻杉幾時向人屈膝？

「你又何必呢？」

紅婆婆要扶起他，旻杉卻堅決不起。

她嘆口氣，算是服了。「唉，殷宇帶著紋紋還會去哪兒呢？」

「您是說……」

「紋紋馬上就要跟龍敖大婚了，你現在趕去也來不及。」她拉起旻杉，「你們這段緣份也該到此為止，既然緣盡，情也該了。」

「不，來得及。我不會不跟她說清楚就讓她嫁入龍宮，我要挽回。婆婆，殷宇帶紋紋從哪條路走？」

他沒開口她就知道他要問什麼，「我不能再多告訴你什麼。我告訴你這些已經很對不起龍敖和殷宇了，以你的才智，定會掀起大風波。」她後悔地搖頭，「我再也不能告訴你什麼了。從現在開始，我不說話了。」

她很懊喪，實在不該同情旻杉，文文需要的不只是一個愛她的人，還得是個安定的人，可以給她安全感的男人。

旻杉除了愛她之外，其他沒有一項是合格的，至少……

在紅長老的眼中看起來是這樣的。

「多說無益，幾位請回吧！」

紅長老下逐客令，旻杉等人只好離開，回去海福村的龍王廟。

胡勤著急得臉色蒼白，「糟了，紅長老不肯多說，怎麼辦？文文姑娘萬一真被龍敖娶走了……」

旻杉皺眉，「別吵，紅長老給的線察就已足夠讓我找到她。」

「線索？」

那叫什麼線索啊？平日對主子信心十足的胡勤也有了疑惑。

以紅長老剛才的話，想要找到公主實在太難了。

「我可以猜出殷宇會走哪條路。」旻杉雖是臆測，但也不會差多少。

「他會帶著公主御風飛行嗎？陛下，我立刻派密探尋找。」

「不用了，既然是和龍敖大婚，要去龍宮，鐵定走水路。」

「水路？」

「沒錯，我們最弱的一環也在水路，殷宇不會不曉得這個道理。要避開追蹤，一定要走水路。」

「沒錯。」白長老也同意他的說法，「那麼，你現在打算怎麼做？」

要是殷宇走水路的話，就算明知道他們的去向，對於旻杉一行人來說也是困難重重，因為狐族不善泅泳。

「所以現在就需要銀子姑娘幫忙。」

「銀子姑娘？」胡勤嗤鼻，「她能幫得上什麼忙？」

「笨！」白長老敲了下胡勤的頭，「到現在你還不懂？」

「痛！」他揉著疼痛的腫包，「我不懂，她還懂嗎？我就不知道那小妮子幫得上什麼忙？」

胡勤堅持自己的想法，但見白長老掄起拳頭又想來一次，連忙閃開。

白長老沒好氣地提點胡勤，「沒想到我們族裡居然有你這種笨蛋。銀子姑娘是藍長老的孫女，也是殷宇的未婚妻，她要是幫我們的忙，應該有很大的助益。」

「原來如此。」胡勤突然想起一點，「可是……她也還沒恢復記憶，對我們有何用處？」

「以她身分之高，不可能沒有幫助的。」旻杉否定了胡勤的懷疑。

「是。」

「胡勤，你到外頭去將銀子姑娘請過來。」

「旻杉……」銀子試探地往裡頭望，「你是不是在裡面？」

說人人到，說鬼鬼就來了。

「銀子姑娘，快請進來。」

「文文找到了沒？」她三步併兩步地衝進來。

旻杉表情哀傷，讓銀子有不祥的感覺，「沒找到？知道出了什麼事嗎？」

「她失蹤了，被人劫走，我要立刻出發救她。動身要早，我不能浪費時間，也不能承受失去她的後果。」

「文文被劫走？」銀子慌得亂了手腳。「都怪我貪睡，要不是我貪睡，她也不會被劫走……」她急得掉淚，「我怎麼老幫倒忙？一點用處也沒有……」

「妳先別傷心。」旻杉安撫她，「我還有事要妳幫忙。」

她抬起頭，「幫忙？我幫得上什麼忙？」

她也起了和胡勤相同的疑慮，「現在不是愈幫愈忙了嗎？」說著說著又嗚咽起來，陷入自責之中。

「藍爺爺幫得上忙。」

「藍爺爺？」

爺爺不見的事情，他們不是老早就知道了嗎？銀子不解。

銀子揉揉淚眼，「爺爺不見了，怎麼幫？」

「我們找到他了，」旻杉指指白長老，「是這位老先生帶來他的消息的，我怕貿然前去……他不會幫我們。」

「那要怎麼辦？」銀子哽咽，「爺爺絕不會不顧文文的？」

「妳有沒有什麼藍爺爺的信物，讓爺爺可以一看就知道跟妳有關？」

「有有……」

她撩起袖子，臂上有個玉雕的壁環，「這個是爺爺給我的，要我千萬不能搞丟。」

「鷹環？」胡勤認出了，「這是鷹環。」

「鷹環？是什麼意思？」

玉環上是雕著鷹紋，但看胡勤的臉色，有這麼恐怖嗎？

旻杉也很驚訝，要想奪回公主，他必須與鷹族短兵相接，但紋紋一定不希望同族的人受傷，為了減輕傷害，旻杉需要鷹族的信物，這也是他找上銀子的原因。

以她身分之高，身上定有證明她為鷹王未婚妻的信物，但沒想到……

銀子拿出來的竟是鷹環。

「鷹環」是鷹族最高的令牌，旻杉一開始很錯愕，但轉念想想，既然她是殷宇的妻室，有這個東西也算在情在理，並不突兀。

「沒什麼。」旻杉警告地瞄了胡勤一眼。「是胡勤沒見過世面，太大驚小怪了，以我們族人來說，他太沉不住氣。」話中隱約有斥責之意。

「為了文文……」銀子卸下臂環，「我將它送給你，請你一定要把文文安全帶回來。」她鄭重地委託他。

她竟要將玉環送他？

旻杉將鷹環收妥，「謝謝，我將不負重託，一定把她平安帶回來。」

見旻杉將鷹環收妥，銀子才放心，這東西跟著她許多年，也是她身上唯一的飾物。

雖然不知此物的重要性，就算知道，為了文文，銀子也會將它給旻杉。

玉環雖是身外之物，但非常值錢，對於視錢如命的銀子更是意義非凡。

「請務必保她平安。」

她對文文這般情深意重，旻杉不由為自己利用她而感到愧疚。

但為達目的，他必須不擇手段，現今暫時甩開慚愧，只好對不起銀子了。

第十三章

如果現在紋紋還不知道去哪兒？她就笨得太離譜了。

他們由水路出發，沿途已在四個渡口換了四艘船，每艘船都往不同的方向離去，就是為了要擾亂機敏聰明的天狐一族密探。

殷宇帶著妹妹下船，卻下令讓船繼續前駛，安排得就像紋紋仍在船上似的，悄悄地離開。

要防旻杉來搗亂並把她安全送抵龍宮，由龍敖監護。

趁夜，他們正打算換第五艘船時，如果紋紋沒料錯，這第五艘船將是載她抵達龍宮的工具。

當她看見藍長老出現時，紋紋更確定了這個想法。

前四艘船上都沒見到藍長老他老人家的影子，會在第五艘看見他，更證明非比尋常。

「殿下，船已準備開了。」藍長老湊近稟告。

「好。」殷宇拉著妹妹紋紋，「我們這就上去。」

「但是……」藍長老欲言又止。

藍長老臉上很少見如此凝重表情，殷宇和紋紋感覺到一股不祥的預感。

「什麼事？」

藍長老遲疑，「旻杉已領軍入侵。」

「竟有此事？」殷宇大驚。

「請鷹王陛下定奪。」

「我料他必採取行動，但沒想到他竟然如此魯莽，大動干戈。」

紋紋也十分震驚，旻杉一向做事謹慎、深謀遠慮，這回會輕舉妄動，不僅是殷宇訝異，就連她也不解。

早已緣盡，又何必如此？

或許對她仍有愧疚，雖然傳說中狐王陰狠奸詐，但紋紋知道他性情並非全然如此，要不怎可能尋她多年？

就算他對她仍有虧欠之感，她也不想計較了，不過……

紋紋的心裡卻仍放不下怨，怨他對她殘忍，到現今還不放過她，想著想著，她泫然欲泣。

「這不像是旻杉的做法。」殷宇納悶之中，一邊替族人擔憂。

「沒有什麼奇怪的。」藍長老分析，「旻杉若無法得到陛下您真正的去處，當然只好孤注一擲，這雖然是下下之策，但也沒有別的方法。」

「沒錯。我們用這種方法，接連著換船換方向，任他有通天本領也找不到公主，只是……逼得他狗急跳牆，兩族血戰，也是麻煩。」

殷宇身為一族之主，當有外族入侵，是不可能丟下族人不管的。

「哥哥，我們掉頭回去吧！」紋紋不想為難身為族長的他。

殷宇也想回去，但是讓紋紋冒著再次被旻杉劫走的危險……

「藍長老，我自己回去，孤身上路就行，你代替我送紋紋上船到龍敖那裡，不得有誤。」不愧是殷宇，決定下得又快又準。

「遵命。」

殷宇走到妹妹面前，拿出一個精美的月牙白錦盒，「收好。」他交到她手上後，慎重地交代著。

她打開細看，淡粉色的寶珠，晶瑩剔透。

「這是什麼？」

「避水珠，這是當年龍宮下聘的信物，我替妳保存了這許多年，總算是物歸原主。」

這避水珠是天下有名的寶物之一，可以分水為二，若有不諳水性的人，有了這寶物，也可如海中蛟龍來去自如。

手裡拿著寶盒寶珠，卻讓紋紋憶起旻杉贈她的釵。

她緊咬下唇，抑住那突如其來的哀傷情緒。

此刻她不該老是想起往事。

往事令人傷感，對龍敖並不公平。

＊＊＊

殷宇在第五艘船與殷紋分手。

紋紋在船上對目送她離開的鷹王陛下揮手告別，殷宇明明看著她和藍長老上了船，還不放心，定要見他們的船離去才願意回轉鷹族領地。

「陛下與公主兄妹情深，照顧無微不至。」

「我知道。」她很慚愧，以前背叛了大哥，「我對不起他，讓他操心。」就只為了旻杉，而事實證明……他不值得。

傳言狐王陛下個性奸詐冷淡，即使至親仍不能坦誠，當年她即使身為他的妻子，與他相處卻仍有隔閡，任她付出一腔真情，卻無法得知旻杉的真正心意。

他雖然搶婚，但娶世仇之女，只是為了與鷹王一較高下，並給鷹族一個重重的打擊。

既然有了再次為人的機會，她不應該還愛著不該愛的人，要珍惜這難得的機會。

忘了旻杉。

「公主不必自責，妳只是一時迷惑，陛下不會在意。」藍長老淡淡地說，「從他的眼神可以看得出來，就算妳真的做錯什麼事，他也會原諒妳。」

藍長老不對勁，看起來怪怪的，態度也和平常不同。

「希望事情可以圓滿的解決。」

雖然旻杉與她緣盡，但紋紋仍不願見殷宇與旻杉兩人互相刁難，顧及情分，她不希望見到任何一人有事，但感覺複雜，她也不想深究自己為何還擔心旻杉的安全。

「妳是擔心殷宇還是擔心旻杉？」他冷漠的聲音帶著渴求。

「長老，你怎麼了？」紋紋對著長老的背影問。

「如果妳擔心的是殷宇，那大可以放心，他不會有事的。」他微微轉過身來，月光下顯露出另一張面孔，「根本就沒人帶兵過去攻打。」

天！轉過來的那個人不是藍長老，而是……

旻杉。

「你……」

「不希望看見我嗎？」

他怎麼會在這兒？

紋紋一時亂了陣腳，再見到他，心情就像亂絮，舊恨湧上心頭，也說不出什麼所以然來。

旻杉看出了她的疑慮。

「你不是起兵了？」

「有了這個東西……」他拿出銀子給他的鷹環，「我不費吹灰之力就查到妳的去處，又何必大動干戈？」

「銀子？你把她怎麼了？」她心驚地問。

旻杉氣怒，「妳就把我看得這麼不堪？我再怎麼不擇手段，也不會對銀子不利，這是她自己給我的。」

「她給你的？」

「妳有一個好朋友，妳突然失蹤，她怕妳發生危險，將鷹環交付我，要我把妳安全地帶回來。」

「你太卑劣了，你為什麼要欺騙銀子？」紋紋很生氣，什麼都用騙的，這種個性實在太令她不齒。

「我沒有騙她。妳確實是不見了，如果有錯，應該怪妳不告而別才對。」旻杉狡辯。

「你……」她火冒三丈。「我講不過你，但事實勝於雄辯，我沒有必要向你辭行，我和你已沒有關聯，你沒理由限制我的行動。」

「我沒有限制妳的行動。」

「那你現在是幹什麼？」她怒瞪著他。

「妳不要不知好歹。」

「難不成你會放了我？」她冷笑，「我該謝謝你，想必陛下是有事要告訴我，等您說完之後，我就可以到敖哥那兒去了，是嗎？」她將雙手交疊在胸前，但看不出想聽的意思。「請說。」

「我絕不可能讓妳到龍敖那兒。」

「旻杉，你實在太過分。」

「我不是來這兒跟妳吵架的，妳可不可以冷靜一點？」

紋紋拿出剛才的避水寶珠，「你看到這個沒有？我已經是別人的妻子，我收了敖哥的信物。」她冷笑，「如今我先收了別人的信物，你看見了沒？」

他又沒瞎，怎麼會看不見？

「妳是我的妻子。」旻杉怒吼，「這個東西算不了什麼。」他狠狠地將紋紋手中的寶珠搶下，旻杉將避水珠緊抓在手中，手背的青筋暴露。

「你……」紋紋指著他，「也罷！」她放下手，背過身去，「你愛搶人家東西也隨你，反正我在你手裡，要殺要剮隨你……」

「妳為什麼要這麼說？」旻杉打斷她的氣話，「為什麼？難道我們就不能好好談談嗎？」

紋紋聽了鼻酸，淚水含在眼裡，「還有什麼好說的？什麼都過去了，談也沒用。」

「是的，」旻杉的眼中一亮，「什麼都過去了，我們可以重來。」

「重來？」她低頭笑著，笑聲比哭聲還難聽，「重來？」

她仰起頭來大笑。

「妳說過愛我的。」

她是說過，但被他拒絕了，旻杉並沒有回報過她的感情，反而舉兵與她的族人開戰。

「我愛過你一輩子，你不覺得夠了嗎？」

「不。」

「但我已經受夠了。」蒼涼的話語中，她幾乎可以聽到自己的心碎聲。

為什麼？

她責備著自己，為什麼在這時刻，她都決定要開始新的人生時，還會對他有眷戀？

明知道他滿口謊言，還想騙自己相信他說的話？

「紋紋……」

「不要再說了。我不想再聽。你騙得了一時，騙不了一世，大哥沒多久就會發現你的詭計，海上是敖哥的地盤，你趕快下船離開，否則鐵定討不了好，我不希望見你死。」

她背對著他，說完這些話，紋紋獨自往艙內行去，不再搭理旻杉。

看在往日情分，就算他千錯萬錯，她也不想親眼看見他死在她面前。

這是調虎離山之計，若不引開殷宇，他要如何帶走紋紋？

旻杉先借用鷹環與鷹族密探聯絡，一見鷹環如鷹王陛下親臨，他立即就知道他們的計畫，再設計誤了藍長老行程，最後由他使出幻術假冒藍長老上船。

要使得殷宇離開，只有一個方法，就是天族大戰，而這個消息，又藉藍長老之口提出才能顯出嚴重性。

旻杉機智，這些計謀一環扣著一環，但殷宇也不簡單，要不是殷宇定要親眼見藍長老帶紋紋上船，旻杉就會帶紋紋從陸路回家。

畢竟他假扮藍長老也不是長久之計，用不了多少時間也會被船上的人拆穿了。

不論紋紋怎麼反抗，他打算在最近的渡口帶紋紋下船，在這短短的時間之內，也是最危險的時刻，他必須加強戒備，免得意外發生。

只要一上岸，白長老和胡勤過來接應，功成圓滿，大功告成。

＊＊＊

雷電交加，大雨傾盆，暴風雨和黑暗在片刻之間籠罩住他們。

天該亮了吧？

紋紋望著外頭，心裡覺得納悶，外頭仍漆黑一片，不見曙光。

突然間，一道閃電劃過天際，將烏雲遍佈的天空照亮，她隱約猜到將有事發生，扶著桌椅站起來，她試著走到外面。

第二道閃電亮了起來，緊接著雷聲隆隆。

濤天巨浪，海水一波接著一波地湧入船艙來。

「該死！」

她聽見旻杉恨聲詛咒，整個被淋濕的他，即便在這麼危急的時候，也看不出半點畏懼之色。

是龍王部屬。

除了他們之外，還有誰能在瞬間起浪，風雲變色？

他雖然知道殷宇和龍敖不可能受騙多久，但也沒想到這麼快就能反應。

「你走吧！」紋紋朝著他方向吼叫，「旻杉，別傻了，你在海上是敵不過他們的。」

她說「他們」？

旻杉心中狂喜，紋紋是站在和他同一陣線的。

「為了妳這句話，我今天就算葬身海底也值得。」

「我說了什麼？」

「跟著我。」他穩住身子到她身邊，「抓緊。」他緊抓住她的手，「千萬別放鬆。」

船身開始下沉，她想也不用想就知道有人鑿了孔。

「快走，進水的速度快得嚇人，過不了多久就會全沉了。」

紋紋知道，時間拖得愈長，旻杉的機會就愈小。

「你快走！」她喘息著，想要掙脫他緊握自己的手。

紋紋知道自己在這兒沒有危險，但旻杉就不同了，若是不快離開，就逃不掉了，硬要拖著她逃跑，更是斷了自己的生路。

「我叫妳抓緊。」他對著風雨中的她嘶吼，「妳聽不懂嗎？」

紋紋瞭解他的個性，知道要他放手是不可能的。

而四處奔逃的船上的隨從也不明白，為什麼龍王會不保護公主陪嫁的隨從？但公主不是應該保護他們的嗎？

紋紋大聲喊，「你們鎮靜，沒事的，抓緊，就算掉下去也別驚慌，不會有事的。」

她對龍敖有信心，他不會讓她的人出事的。

旻杉死死地抓住紋紋，他的幻術高明，除了文文之外，在其他人眼中，他都是「藍長老」。

他抓住其中一人，搶過他的匕首傍身，旻杉雖為天狐陛下，但他到了水中一樣施展不開，就連在船上，狂風暴浪之中也是腳步踉蹌，步態不穩。

紋紋驚慌，讓她慌得是旻杉的安危，心裡只想：一定要甩開他，他再不走就跑不掉了。

「你該不會那麼天真吧？掉到海裡，你我都不諳水性，要怎麼上岸。」

旻杉將紋紋往船舷邊拉，她伸手在他腰間觸到那把刀子，心念一動，伸手將它搶到手中，她的動作猝不及防，旻杉沒有防備，讓她得手。

紋紋亮著手中的兵器，「你再不放手，我就砍下了。」她威脅著他。

旻杉看著亮晃晃的刀子，「如果妳忍心砍就砍吧。」

紋紋怔了怔，只一會兒，錯愕的表情轉成一個微笑。

「是你說的。」紋紋落下匕首。

「不！」旻杉淒厲地喊。

紋紋砍的居然是她的手腕！

情急之下，他及時放開她的手。

站在船頭的她，身子重重地落入海中，沉重的海水將她拉入，紋紋直往下沉，水壓擠出她肺中的空氣讓她不能思考，大病初癒的身體經不起海水的沖擊，很快地就失去了知覺。

＊＊＊

龍宮

當意識再度回來，她已經不在船上，風雨已成過去，一張笑容可掬的熟悉臉龐映在眼前。

「敖哥？」

「妳終於醒了。」

「嗯。」想起那驚濤駭浪臉色慘變，「人呢？」

他仍帶著一貫爽朗的微笑，「妳的族人全都在休息，我會好好款待他們。」

「全都沒事？」紋紋吁了口氣。

「至於旻杉，很抱歉，我沒有見到他。」他嘆口氣，「不過，在那種情況下，船全沉了，他的遭遇……」他停下不說，但語意甚明。

船全都沉了？

那旻杉必定兇多吉少，紋紋覺得陣陣暈眩襲來。

「這不是真的，旻杉就這麼死在海中？」當淚水落下的瞬間，她轉過一旁，巧妙地拭去臉上的淚痕。

「瞧妳累的！」龍敖責怪她，「還得多休息，不要再多費神好嗎？」他替她將錦被拉好，「我晚些再來看妳，再派人送點吃食過來。」

「謝謝。」

一切都白費了。

她原想保住他的性命，他怎麼就那麼傻，不肯聽她的話逃走？

旻杉死了……

＊＊＊

「公主，用膳了。」

「我吃不下。」

「陛下吩咐，您一定得吃一點兒，來，快將東西呈上來。」

紋紋不再說話，一樣樣的豐富美食擺在面前，她卻沒有一絲食慾。

「公主，請用。」最後一位侍者對她這麼說。

「我真的吃不下……」她抬起頭，「你……」震驚地說不出完整的句子，「你……」

「陛下駕到。」

紋紋趕緊坐正身子，臉上仍帶著驚惶神色，「敖哥……」聲音輕微的顫抖著，「你怎麼來了？」

「我要是不來，妳不是就胡亂混了過去，不吃點東西怎麼行？」

「我吃。」

她隨手拿了最靠近自己的食物，放入口中，卻食不知味，後頭監看的視線似火焰般，又怎麼能專心吃食？

「這才是。」龍敖很滿意她的乖巧。

龍敖陪她吃完一頓才離開。

平日龍敖公事繁忙，再加上要準備大婚，哪有這麼多的時間空下來？

於是，只剩下她和最後一個侍者留下。

去。

紋紋和他兩人眼對，死命地瞪著他，剛才吃下去的東西似乎梗在喉中吞不下

「怎麼？見我沒死……很失望？」

妒嫉的情緒折磨著旻杉，又酸又苦，真的很難捱。

紋紋仍被旻杉仍活著的消息震攝住，傻傻地看著他。

「如果想我死的話，剛才為什麼不對龍敖報告我的行蹤？」

他本來該葬身大海，但從紋紋手上搶來的避水珠救了他，雖然旻杉很不甘願承認，是龍敖間接地救了他一命。

「沒想到大難不死……還是沒能改變你尖酸刻薄的個性。」紋紋口裡這麼說，心中卻為了旻杉仍活著而狂喜著。

「起來。」他強拉起紋紋，「跟我回去。」

「你瘋了嗎？你怎以為在這兒還能將我輕易地帶走？」紋紋不可置信地瞪圓眼問他。

「走。」

「你是不是腦筋壞了？我就要成親了，你沒看見嗎？」

他沒看見？這一路上張燈結綵，讓他的心猶如水火之中，她捨棄了他，要當別人的新娘，龍敖已得到她的心嗎？

旻杉不怕開戰，但不確定的心情比戰爭還可怕，百般煎熬。

「妳不跟我走也行。」他放開她，改將兩手背在身後，「記得以前妳曾問過我的問題嗎？」

「什麼問題？」她還是問了，雖然明知道現在不是話當年的時候。

他語氣酸澀，「若是有人搶走了我的妻子，當我找到時會怎麼處理？」

紋紋瞪著他，她記得……她記得那個答案，她若嫁了他人，他會將她變成寡婦，讓她再回到身邊。

「你想怎麼樣？」嘶啞的聲音伴著驚懼。

「我決定背水一戰，以我對龍敖的瞭解，他會答應我的要求和我決一死戰，雖然在他的地盤我佔不了便宜，但他也不一定能全身而退。」

是的，龍敖爽朗熱情的個性來對付足智多謀的旻杉不一定會勝，說不定會讓旻杉的狡計得逞。

天啊！

「我跟你走。」沒有其他選擇了。

這叫她情何以堪，她怎麼忍心替龍敖添麻煩。

「我們怎麼出去？你以為這兒是可以隨意進出的嗎？」

「這就是我混進廚房的原因，只要妳不擔誤時間，我們一定出得去。」

她也不是笨蛋，聽旻杉的語氣，他已經在食物中下了手腳。

「放心，我不會傷害無關的人，他們不會有事的。」

旻杉帶著紋紋離開，一邊對著斜倚在路旁昏睡的人解釋著。

在千驚萬險之下，旻杉周全的設計發揮了效用，一離開龍宮，他立即和接應的白長老及胡勤聯絡。

帶回紋紋，達成了旻杉這十八年來的心願及任務。

事件又重演了，輪迴就是如此嗎？

一再發生同樣的事。在婚禮前夕又被旻杉劫至同一個地方，這難道就不能避免嗎？她好害怕，好怕他們又來救她，為了她又起干戈。

「回家了。」他如釋重負。

她真的回家了嗎？

紋紋覺得悲哀，天下雖大卻無她容身之處。

第十四章

旻杉如願帶回紋紋，但她卻如行屍走肉，了無生趣。

「放我走吧！」

「妳想去哪裡？」

旻杉已記不清了，這是她第幾回要求他放她走？

「天下之大，必能找到我容身之處，我若是走出這個地方，就跟旻杉你完全無關，也不是你的責任。」

輪迴是一件很玄奇的事，她再度來到這裡，又是同樣被擄來，而龍族與鷹族正準備再起干戈，天狐一族也正在備戰中。

紋紋不想生靈塗炭，決心一走了之。

若是旻杉自願放她離開，或許可以大事化小、小事化無。

當年征戰之時，她親耳聽見旻杉與族人對話，提到搶親造成鷹族重擊之事，讓身為公主的紋紋自慚且自覺對不起親族，並看清了旻杉的真面目。

好夢就此打醒，為了避免廝殺，害族人失了性命，於是她決定自戕以謝族人，但經過十八年，他們卻又將她找了回來。

再重演這一檔未結束的戲？

再憶起那段不堪的往事？

「我們忘了從前好嗎？妳就不能忘了嗎？讓我們重新開始。」旻杉要求。

讓她恢復記憶根本就是錯的安排，她不該記住從前。

天狐一族多智狡詐，旻杉身為一族之主更是其中之最，雖然身為仙胎，又位居高位，在修法之前仍要立誓，這誓將跟隨天狐一生。

旻杉自然不能例外，他也有個祕密要守護，尤其是對他深愛的女人，世仇鷹族的公主。

對於天狐陛下旻杉來說，若他將至愛獻出，卻得不到對方的回應，他將受到詛咒，若是得到他至愛允諾卻仍然背叛他，他將受到最嚴厲的詛咒，旻杉將灰飛煙滅，永世不得超生。

也就因為如此，即使旻杉深愛著紋紋，表面仍然冷淡待她，即使見她痛苦，他也仍然保留住自己，任她在親情與無望的愛情中掙扎。當時，在他想來，或許他可以拿他的命來賭，卻不能拿族人的生命去賭。

何況這個得到他至愛的女人是鷹族的公主。

旻杉只是沒有想到，鷹族的悍烈個性同樣在殷紋身上表露無遺，當親情與愛情不能兩全之際，她選擇了最激烈的方式離開。

但是，在這十八年之間，旻杉有了新的領悟。

他也許做錯了，與其沒有紋紋的陪伴度過永生，不如灰飛煙滅。

「紋紋，妳難道就不可以再給我一次機會？」

緊握住雙拳，他試著再求她一次，他放下身段懇求她，她不知道當每回看見她淒楚求去的模樣，他有多麼心痛。

「我不懂要怎麼讓發生過的事過去。」她苦澀地說。

如同他滿心期待卻被打了一巴掌，可怕的是，紋紋居然面無表情，這比什麼態度都令旻杉心灰和震驚。

「陛下，請你告訴我，發生過的事情，要怎麼才能忘得掉？覆水難收，你難道會以為遺忘就代表事情沒發生過嗎？」

她本以為已經麻痺了，麻痺應該是沒有感覺的，但仍然頭痛欲裂。

「旻杉，你既然沒愛過我，為什麼要困住我？為了再給鷹族一個打擊嗎？」

「如果我說我愛妳呢？」

她究竟得罪他什麼使他要這樣懲罰她？

要這樣對待她？

她絕對沒有辦法忘記他做的一切，是這麼地惡劣、這麼地自私、這麼地傷人。

「紋，我是愛妳的。」他痛苦地傾訴著。

剛開始是低低的笑聲，低得他幾乎聽不見，漸漸笑聲轉為哭聲，紋紋又哭又笑，讓淚水順著臉龐流下，表情淒楚美麗。

「我不相信你。」

他又在說謊了。

「這句話如果在從前聽見該有多好？我會是全天下最快樂的人，就算你說的是一時的謊言，我也願意受騙。但現在……我已經不在乎了，因為那已經是上輩子的事了，旻杉，我變了，不再相信你說的謊話，我學會了愛自己比愛你多，幸福的定義就是要自己動手去抓，我的幸福不在你身上。」她一句接一句地說著不敢停，怕話一停淚就不住地淌下來。

他的喉嚨發緊。「我是真的愛妳，妳一定還愛著我。妳一定還對我有感情的。」他的聲音粗嘎嘶啞。

這是報應嗎？

原來世上是真的有因果的，當他表露真情之時，紋紋卻已不敢相信他了，愛情早已被恨意所取代了。

她知道他冒了多大的險？萬一詛咒應驗，他就沒有那麼好運了，連輪迴的機會都沒有。

紋紋冷冷地嘲笑他，「你懂什麼是愛？你會愛上人？」

「我愛妳。」

「很遺憾，我真的已經不愛你了，放我走吧，留我在這兒也沒有用，你留得住我的人，留不住我的心。」她決絕地說著，為了維護自己曾經受傷的自尊，所有他虧欠她的，全都要討回來。

「如果我硬是要留呢？」

「我恨你。」她對他吼，「我對你說過了，我恨你，我希望你去死！」

這打擊是何等之大？

旻杉微微搖晃著身子，舉起手來揉揉太陽穴，綻開一個令她心碎的微笑。

紋紋瑟縮了一下，適才她傷人的話像箭一般也射傷了自己。

「妳走吧！」留她也沒有用了，「我會交代下去，沒有人敢攔妳的。」

旻杉死盯著她看，這或許是最後一次看見她了，既然相見無期，他又怎麼捨得轉過身去，讓她離開呢？

「走吧！」他用盡所有的自制力轉過身去，「我會讓胡勤送妳。」

當背轉過身時，旻杉任淚水在紋紋看不見的時候落下。

紋紋心情矛盾，不明白自己怎麼會在受了這麼多的苦之後還眷著他？不但沒骨氣，而且還沒出息，她怨著自己。

「謝謝你。」她也知道沒人護送是不行的，「再見。」

她試著不理會想與旻杉抱著痛哭一場的衝動，硬生生地轉過頭去，像將自己與心扯離，但淚與血卻早已流盡。

他轉過頭去，正好面對紋紋纖瘦的背影，心痛的淚水奔流在臉上，而人……

卻在她離開後倒下。

＊＊＊

日落時分。

看著天邊燦爛紅霞，回頭望著已消失在紅霞中的皇宮，紋紋的心莫名戰慄。她自由了，但心卻不得開展，這樣的痛苦會一直持續到永生嗎？

「胡勤……」紋紋躊躇著，不知該問還是不問。

胡勤自與她出宮以來就行止怪異，心神不寧，她不用太細心也看得出來。

「公主有何貴事？」他仍皺著眉頭。

「算了。」她嘆口氣，「沒什麼事，我們趕路吧！」

沒想到她這麼一說，胡勤反而不走了。

「公主，我可以求妳一件事嗎？」他表情哀傷。

前頭。

「可以，但是……」她猶豫著，「我是不可能不走的。」她必須將話先說在

「我知道，我只是希望公主成全，讓我見完陛下最後一面再走。」

「最後一面？你是什麼意思？」紋紋的臉色慘變。

他說的會是她想的那個意思嗎？

「我們出來的時候，陛下已經臥在床上不起。我怕等我回來已來不及見陛下最後一面……」胡勤話梗在喉中。

是詭計嗎？

但他看起來又不像是說謊。

她的心抽緊，「不可能的，旻杉的身體很好。他不會有事的。」

「是詛咒。」胡勤雙目含淚，「可怕的詛咒。」

詛咒？

紋紋飛快地搜尋自己的記憶，所有和旻杉一族有關的詛咒及封印……

她應該記得起來，她一定得記起來。

「祕密？」她想到了。

天狐族人擁有自身不可告人之祕，若是被發現會有詛咒反噬，後果很嚴重。

但旻杉一族是出名的狡詐，外族所能探知的不過是如此而已，詳情她並不清

楚。

「是的。」胡勤承認，「我們天狐一族，狡詐和隱藏心意是族人的專長，每個人都有不為人知的祕密或心意。」他難過地低下頭去，「連最好的朋友也不能透露，例如白長老從來不讓人知道他的行蹤。」他舉個例解釋。

「他的祕密是……」紋紋掩住到口的驚叫。

她猜到了。

「這不可告人之祕就是我們的弱點，如果用這個祕密來對付他……」胡勤搖搖頭。

「天啊！」

這就是旻杉當初對她如此狠心的原因？

因為這個詛咒所以不能信任她？

「公主，妳放心，我一定會送妳回去，陛下的命令誰敢不從，但是求妳成全我見陛下最後一面……」

「他不會死的，他不可以死，走，我們立刻掉頭。」

老天！她可以承受這次的錯誤嗎？

旻杉一定要等她回去，一定要等著她。

第十五章

看著旻杉一動也不動地躺在床上，紋紋的心如刀割，她是倔強不馴，但造成今天這種後果，也不是她所願。

上一次的過錯歸他，這次的過錯卻是她的。

「我騙你的。」她喃喃地對著昏睡的旻杉說著，「你很清楚的，我愛你一輩子了，怎麼可能現在就變心呢？」她搖晃著他的身子，「你醒醒啊，我是愛你的，那時候對你說的話只是氣話。」

他仍然沒有反應，淚水爬滿紋紋嬌美的臉龐，讓人看了心酸。

「他為什麼不理我？」紋紋抬起頭可憐兮兮地問白長老。

「他聽不見妳了，公主。」長老也垂頭喪氣。

「我已經跟他道過歉了。」紋紋啜泣著，回頭繼續扯著旻杉的衣衫，「我不恨你，一點也不恨……」她趴在他身上大哭，「我根本不想要你死。」

多麼孩子氣啊！

「請您節哀。」

「為什麼？為什麼？我已經後悔了……」她痛不欲生地哭泣著。

「有些事後悔也於事無補，傷害已經造成了，當初的事，旻杉也後悔莫及，冥冥之中必有天定，不是說改就改得掉的。」

「我不相信。」

「為了當初錯待公主，陛下這十八年來食不知味、寐不安寢，他也是覺得必能勝天，結果……」長老傷心地說不下去，「天下不如意事十之八九。」

這是最後的選擇了嗎？「若是他有什麼不測，我也等他十八年。」

「沒有機會了。」白長老搖搖頭，他否決了她的希望。「這跟公主的情形不一樣。」

「不！」紋紋坐正身子，揮去悲傷的淚水，「一定還有方法，求求你幫幫我，告訴我，只要能救旻杉，我赴湯蹈火也會去。」

「我不知道。」白長老頹然坐下，「我真的不知道，或許……」

「或許什麼？」

最後一絲的希望在她心中燃起。

「紅婆子可能知道些端倪吧！」白長老回憶起從前，「我們各事其主，只有她旁徵博引，會知道一些奇奇怪怪的事。」

「我去求紅婆婆。」紋紋淚眼迷濛地望著白長老，「婆婆會幫我的。」

「不用抱太大希望，不一定有效的。」

「不管有沒有效，只要有一丁點希望，我就要去試。」

「好吧。」白長老也希望她能成功，「但是……請記住，一定得在十五之前回來，這是最後期限，超過了這個期限，就算回來也沒有用了。」

紋紋點點頭，「我會記得，一定來得及的。」

她絕對不能誤事，紋紋必須這麼相信著。

＊＊＊

紋紋披星戴月，日夜兼程，只領著胡勤趕到紅長老住處。

跟胡勤不同，紋紋並不擔心找不到紅長老，她擔心的是沒有解救旻杉的方法，沒有什麼事比親眼看著旻杉在她面前衰竭而死更痛苦。

她與旻杉相愛，如今卻要死別，當她也處在現今的情況之中，才知道當初一時衝動，對旻杉是多麼殘酷，而他就這麼尋了她十八年。

「婆婆，妳一定要幫我。」

一見到紅婆婆，紋紋立即說明來意。

紅長老重重地嘆一聲，「看妳著急的樣子，還是讓那臭小子得逞了？」

「我不能看著旻杉死。」

想到再也見不到他，她打了個寒噤。

「結果經過了這麼多年，妳的心還是向著他的。」

「婆婆，旻杉已經……」話未說完，紋紋已泣不成聲，「他已經……」

「我早警告過他了。」

她仰起淚跡斑斑的小臉，「警告？」

「當初他決定要找妳的時候，我就曾經告訴他，後果並不一定如他所願，有可能會害死他。」

聽紅婆婆這麼一說，紋紋忍不住號啕大哭，「就沒有其他方法了嗎？」

「唉，有跟沒有是一樣的。」

「什麼意思？」

「救旻杉的唯一方法是……實在太難了。」她搖搖頭，不願再說下去了。

「是什麼？」胡勤心急護主地問。

紅婆婆體諒他的心情，不以為意地拿出一張藥方，「就這個囉！」她又搖頭，「我以為一輩子用不到這個東西，沒想到那群狐狸中還會有人笨得暴露自己的弱點……」她見到紋紋瑟縮的表情才停口不說。

胡勤接下一看，「很普通的藥材啊！」

「是很普通。」紅婆婆順著他的話說，「但要拿龍王和鷹王的爪作藥引。」

「什麼？」

她悠長地嘆口氣，「不可能的，我說了也等於沒說。」

「完了！」胡勤頹坐地上，「他們恨不得他早點死。」

紋紋臉色也白得像紙，想拿到這個藥引比登天還難。

「可不可以用別的代替這兩味藥引？」

「沒得商量，缺一不可。」

她並沒有刁難他們，若是有別的可代替，紅長老根本就不會將這項說出來。

公主頹坐在地，萬念俱灰。

「紋紋，妳放棄吧！旻杉是必死無疑了，我本來就不想告訴妳，知道也只是憑添遺憾，更傷心而已，沒有什麼幫助的。」

「不會的。」她深吸口氣，止住原先一直在眼眶滾動的淚水，「只要有一線希望，我就絕不放棄。」她咬住下唇，「我去求大哥。」她下了決心。

「求妳大哥？殷宇的脾氣妳又不是不知道……」

「我不能不試就放棄了。」她抽噎著說，「婆婆，他是愛我的，我不能就這樣讓他去……」是她害了他。

「好。」紅長老感於她與旻杉的真情，「我陪妳去，雖然幾乎沒什麼勝算，但婆婆還是幫妳到底，有我在場，殷宇總要給我幾分薄面。」

第十六章

鷹宮

怒氣已取代殷宇所有的理智，沒想到他千辛萬苦護持的妹妹，到頭來還是讓自己這麼失望。

「哥哥，求你救救旻杉。」

紋紋幾乎是聲淚俱下地哀求殷宇，但他不為所動。

「妳知道鷹爪對鷹王的意義嗎？」他的話像冰錐刺著紋紋。

她當然知道。

就如同修煉的丹元一樣，失去了鷹爪的鷹王陛下武功大減，這意味著鷹王的安全有危機，族人的安全當然也搖搖欲墜。

「我沒想到妳為了一個像旻杉這樣的男人，居然對自己親哥哥做出這麼過分的要求。」

「求求你。」紋紋跪下來，「哥哥，我知道我對不起你，我也知道你可能會不答應，但這是旻杉最後的希望，我不得不來求你。」

她哭倒在地，但殷宇卻仍心硬如鐵。

紅長老也替紋紋說話，「殷宇，你就成全紋紋和旻杉吧！如果他們在一起，你也少了一個外患，若是旻杉就這麼死了，說不定他們會將仇記在你們身上，豈不又要動干戈。」

「大家不是都說我們好勇鬥狠嗎？如果干戈又起，不正好名符其實？我殷宇不是被嚇大的。」他是吃了秤鉈鐵了心，「就算他們不找我，我也要找他們算帳。」

「哥哥……」

「要我救他絕不可能！」殷宇咆哮著，「妳現在就給我滾，我沒有妳這個妹妹，以後也不想再看到妳，妳馬上給我滾！」

「我……」

「來人啊，把殷紋轟出去！」

雖然被拒絕在他們意料之中，但紋紋仍傷心欲絕。

殷宇的話意甚明，就是和她斷了兄妹情分。

即使結果如此，她仍不後悔，再讓她重來一次，紋紋還是會做這種選擇。

第十七章

龍宮

初見到紋紋，龍敖驚喜的表情讓紅長老感動，他是個好人，可惜紋紋沒福分。

「旻杉怎麼肯放了妳？」他拉起紋紋的手。

「敖哥……」

「他有沒有傷害妳？」他上下打量著紋紋，「妳的臉色好蒼白，是不是病了？」

紋紋投入他懷中哭泣。「旻杉快死了。」

「快死了？」

龍敖震驚，旻杉和他雖是仇敵，但他卻從未希望他死，因為……

他看得出來旻杉對紋紋是真心真意的，既然付出了真感情就不該被責備，即便他的手段不好。

也許，當他遇見一個讓他心儀的女性時，會採取同樣的行動。

想到這兒，龍敖心頭一震，他已和紋紋訂親，怎麼還能有這種想法？

他不是答應殷宇要永遠照顧紋紋的嗎？

紅長老發難了，「龍敖，你是真的愛紋紋的嗎？」

「當然。」他對紋紋的愛無庸置疑，「我和殷宇就像兄弟一樣，和紋紋……」

「就像兄妹一樣？」紅長老替他說完。

這話如同當頭棒喝將龍敖打醒。

龍敖的確視紋紋如親妹，比起旻杉對她，是太輕描淡寫了。

如果不知道她的去向，他會傷心，但也會千里尋她嗎？龍敖自問著。

「紅長老……我……」

「現在只有你能救旻杉的命。」紅長老直視著龍敖清明的眼睛，「你願意嗎？如果你不願意，我可以瞭解。」

「要怎麼救？」

「旻杉病篤，命在旦夕，需要龍王的爪當藥引。」

「好奇怪的藥引！」

「旻杉生的是怪病，自然用奇藥醫。」

龍敖轉頭看到紋紋無助可憐的眼神，毅然點頭，「好。」

「什麼？」

當人家答應時，胡勤反而驚訝了。

這怎麼可能，龍王陛下怎麼會答應？

「謝謝你，敖哥。」紋紋抱住龍敖大哭，「謝謝你。」

紋紋知道這損失之於龍王就和鷹王沒有兩樣，龍敖不該答應她的。

「沒關係的，又不是砍斷我的手，妳不要擔心我的安全。」他順著她的背，安慰地說道，「也不是全要，以後都會長出來的。」

龍敖的善良及樂天是他最大的優點。

時間寶貴，龍敖送他們出了龍宮就回去，基於安全上的考量，他有好一段時間不能自由自在地往外闖了，對天性自由愛闖盪的他來說，是很大的犧牲。

「我們初一出發，到紅長老那兒花了三天，到殷宇那兒又花了四天，從龍敖這兒出來……」胡勤數著日子，「今天正好是第十天了。」

「沒有時間了。」

她本想再去求哥哥一次。

胡勤否定了她的意見，「時間很趕，不知可否在五天內趕回去？」其實去了也是白去。

「殷宇那邊由我趕去。」紅長老請命。

「缺了一味藥引該怎麼辦？」她真的毫無辦法可想，「婆婆……」

「我也不知道會怎麼樣。」紅長老也束手無策，「你們先回去，有什麼用什麼，事情到了這種地步……就只好見機行事了。」

真能死馬當活馬醫嗎？

紅長老也不肯定，卻不敢將心中的疑慮告知紋紋，怕她承受不住打擊。這孩子已經受太多苦了，紅長老不禁在心裡嘆了又嘆，就讓奇蹟出現吧！別再給她壓力了。

「公主，還有一點時間，不如妳休息一下？」胡勤建議著，看她撐得辛苦，怕會不支倒地。

「不。」她強打著精神，「就快趕到了，我一定得在期限內趕回。」

當初她答應白長老之言猶在耳邊，旻杉這最後一點生機就掌握在她手中，她不眠不休地趕路就為了那一線生機。

絕不能休息。

＊＊＊

狐宮

到了宮中，紋紋直奔旻杉住處，榻上的他和離開時沒有兩樣，像是沉睡著。

「怎麼樣？」白長老在這段時間衣不解帶地守在旻杉身邊。

「是有解救的方法，但我們沒找齊藥引。」

「不是缺一不可嗎？」

紋紋含淚，「總得試試看吧？」

白長老向胡勤使了眼色。

「我立刻去準備。」胡勤回答。

紋紋看著旻杉，緩緩地在床沿坐下，細細地打量他眉眼之間……

她有多久沒有這樣仔細看過他了呢？

胡勤端著碗過來，白長老硬撬開旻杉的牙關將藥灌進去，他們等在旁邊，誰也不知道會發生什麼事。

「醒來。」

她按住旻杉的手，一向溫柔握住她的大手，此時卻沒有溫度。

「旻杉，你知道我在這裡嗎？你說要重來一遍的，我回來了。」她抓著他的手按在臉上，「旻杉，我回到你身邊了。」

沒有用。

旻杉仍然躺著沒一點動靜，對紋紋的話也沒有反應。

「你為什麼不說話？」她低聲地哭泣著，「事情很公平，你錯一次，我錯一次，你要是不高興，就起來罵我、跟我吵！」

她趴在旻杉身上大哭，只要他能醒來跟她說話，就算是吵架也好，她也願意。

白長老上前勸她，「公主……」

「等等……」她甩開白長老。

旻杉有了變化，但情況並未變好，反而愈來愈蒼白，竟然白得快透明了。

這是凶兆。

「還是不行，他就快消失了。」

灰飛煙滅。

他們費盡千辛萬苦得來的結果卻是如此，這怎能不教人傷感？

「旻杉，我不希望你死。」她順著他英挺的眉，「不准死！你要聽我的話，知道嗎？這是你欠我的。」

淚水不住地滴在他臉上，紋紋用手指抹去，卻抹不乾。

「你要活著讓我懲罰，我怎麼會要你死呢？我氣你氣得……」她啜泣出聲，「我好氣你，每次都把我氣瘋了，瞧，我又被你氣哭了，等你醒來，我要盡量地折磨你，要你生不如死……」

她的威脅令聞者酸楚。

少了鷹王之爪當藥引，旻杉這次兇多吉少，沒有希望。

白長老落淚，哽咽地交代胡勤，「準備一下吧！」

「不！」紋紋喊著。

還不到準備後事的時候啊！

「不行，還不到時候。」她緊緊抱著旻杉，「你醒過來，我不是故意咒你死的，那不是真心的，所以不能做準……」不管旻杉是不是聽得見，她都要把事情說清楚，她不能再讓誤會橫梗在他們之間，「你是不是到現在還想要氣我？想……你死了就可以讓我後悔一輩子？」

連日來的奔波已讓她累得頭暈目眩。

「旻杉，你不會得逞的，我不會留在世上一個人悔恨……」

「公主……」

「不許你有事，」她用力抓緊他的衣服搖晃著，「不許……」

她軟軟地倒下來，和旻杉昏厥在同一張床上。

絕望。

第十八章

房裡的擺設依然秀麗幽雅，迷濛中她打量著四周環境，一時忘了自己仍在旻杉這兒，她一身風塵僕僕的衣服都已換去。

她暈了多久？

「這是旻杉的房間。」她驚愕地憶起，「不……」

紋紋抱頭痛哭。

旻杉不在房裡，他不在了，她絕望地意識到這個事實。

這是何等諷刺？她這麼努力的奔走卻無功而返。

紋紋沉重地閉上眼睛，這時候醒來也沒有意義，就這麼睡一世好了。

「紋紋。」

她聽見他了。

她從沒想到會這麼強烈思念一個人，她試著想著旻杉，憶起他深情的低語，想起他溫柔多情的眼神。

「多說一些話吧！」她低柔地對著他說，「我想要多聽聽你的聲音。」

白長老說過，他是永遠消逝了，即使她是多麼不願見到這種結果。

「如果妳想聽，我就一直不停地說，直到妳煩得喊受不了……」

這不是真的。

她哀哀切切地哭了起來，這樣不夠，「我不只想聽見你的聲音，還想要看見你的人，還想要……」她泣不成聲。

紋紋感到有人輕觸她的手臂，「想看見我，只要張開眼睛就行了。」

怎麼可能？

她張開眼，旻杉不正在眼前嗎？他氣宇軒昂地立在她床前。

原來還沒醒。

「我一定是還在作夢。」她喃喃自語著，「這個夢很好，就不要醒吧。」紋紋立刻再將眼睛闔上，「我不想醒。」她耍起賴皮了。

「妳命令我不許死，我怎麼敢死呢？」旻杉柔柔地笑著，「不是要折磨得讓我覺得生不如死嗎？」

「天哪！」她驚奇地閉緊眼睛，「這個夢好真實。」

「妳很清醒。」旻杉在她身邊坐下，輕撫她的臉頰，「捨不得見妳傷心，殷宇終究還是派人將藥引送來了，紋紋，是妳救了我。」

當紋紋張開了那雙又圓又亮的大眼，旻杉在其中看見自己的倒影，覺得幸福。

「妳所說的話……我全聽到了。」

「真的？」

「對。可是……當時見妳傷心，我是一點辦法都沒有。」

她傷感地又哭了起來，釋然的感覺是那麼地強烈。

「別哭。」旻杉將她擁住懷中，抱得緊緊的，「別哭成這樣，讓人好心疼，我很心痛。」他的眼中也含著淚。

「都是你錯，都是你的錯……」

「是，是……」旻杉好脾氣地隨著她。

她搥打著旻杉的胸膛，「是你害的，你錯……」

「是我的錯，是我害的，我保證以後不會了。」他的眼眶發紅，聲音也哽咽起來。

「我好抱歉……」紋紋也低頭認錯，「如果不是我……」

旻杉將食指放在她唇上，「不要再說了，過去的事就讓它過去吧！如果我們可以互相信任，這一切的錯誤就不會發生了。」

「好在還有一次機會。」她淚瑩瑩地說道。

「應該是兩次才對。」他更正她的話，旻杉擁著她，讓紋紋將頭棲放在他肩上，「我們要珍惜這教訓，不是每個人都能這麼幸運可以重來。」

她抓緊他的衣襟，俏皮地警告著，「以後不許再誆我，否則我整死你。」

「妳也不許再說謊了。」旻杉捏捏她嬌俏的鼻子，「妳說謊的技巧好差。」

「敢嫌我？」她嬌嗔地推開他。

「別。」旻杉將她拉回自己懷抱中，「我愛妳。」

紋紋鼻酸地掉下眼淚，「嗯。」

他將臉埋入她頸側低語著，「紋紋，妳知道我有多愛妳嗎？」

「我也愛你。」

兩人相視而笑。

沒錯，幸福是又回到他們手中了，這得來不易的成果……

兩人都會好好珍惜，不會再讓它放手飛走了。

本文完

【番外一】啟程

陰雨連綿。

天空一片黑，鋪天蓋地的潮濕陰暗，這場雨已經持續了好幾個月，雨這這樣下，許多靠海的村落都已成災。

是什麼事惹得龍王發怒？

沿海各村紛紛請了祭司求雨，卻不見起色。

這個時候還有行人在趕路？

這麼特別的時間，這麼惹眼的長相，實屬怪異。

這兩人一看就知道是主從身分，主事者走在前方，有一種無法準確形容的高貴氣質，令人幾乎不敢直視，而那雙眸子……

目光猶如閃爍的星光不定，顧盼之間，彷彿閃著銀光，隨時會變幻出機巧智謀似的，美麗得不像是個凡人。

他身披著銀白狐皮大氅，那毛皮如同天生就是他的裝飾，衣飾與冠冕一般恰如其份；而他的容貌更為驚人，再不會有任何一個男人能生成這般俊朗，讓人見識到男子也可成絕色，這令人讚歎的容貌在他身上卻是如此渾然天成，十全十美，半分增減不得，讓人不得不羨慕。

「陛下，要不要找個地方避雨？」隨從恭謹地問。

就連這個隨從也不是泛泛之輩，濃眉之下有一雙男人少見的鳳眼生威，同樣閃著狡詐的機巧光芒，唯一美中不足之處，就是過於鋒芒外露，不像主子能將自身意識隱藏在朗星般眸子之後，不易為人察覺。

悲哀的淒苦在那眼中一閃而過，幾乎讓人注意不到。

「不，我們等到了長老那兒再休息。」

「是。」

他一咬牙，「以我們的速度，再過不了多久就可以到了。」

「陛下，你已經趕了好幾天的路，就算非肉骨凡胎的神人也經不起這般的折磨，即使不投宿，您也該坐下來打打坐，至少歇一會兒才是。」

「累了？」陛下淡淡地看胡勤一眼，「胡勤，如果你覺得累了，我們就休息一下。」

「微臣不敢。」

他點點頭，「那我們就繼續趕路，這些天來累了你。」

即便在說話的當兒，他的腳步仍如疾風快速，沒有絲毫停頓。

「陛下言重，尋回公主，讓陛下重展歡顏，是全族的希望。」

「若是能找回她……」

聽見胡勤這麼說，陛下微仰起頭，雨滴落在眼中又從眼角流下，就如同傷心的眼淚，也或許旻杉傷心的淚也隱在其中。

不，陛下是不會流淚的！

他的主子，神族最偉大的王「銀狐旻杉」，是皇族中最英俊的皇子，最機敏巧智的王子，他經過了多少權力鬥爭才有今天，那明亮的眼中隱著最狡詐聰敏的機智，誰也猜不透他的心意，是狐族最大的驕傲，統領著整個陸地。

胡勤收回驚愕的眼光，也仰望陰鬱的天空，雨水也落入眼中，想起溫柔的小公主，不禁眼眶發熱，淚水和著雨水流了下來。

「這場雨下了好久了，陛下。」

「也許龍王也無心顧及天下……」語聲一頓，他深深嘆口氣。

「若雨再不停，就要釀成大災禍了。」胡勤喃喃地說。

這種事原本也不是善良的公主所樂見的吧！他低頭如此想著。

「到了。」

什麼？

「到了？」

前方什麼東西也沒有，只有一排銀白色的大旗迎著他們。

胡勤心裡納悶，從剛開始上路就不對勁，誰也不知道天狐一族的白長老住在哪兒，而殿下卻一直帶他向北走，現在什麼影子都沒有，怎麼會到了，正想開口問……

「不要說話，跟著旗子走就是了。」

說也奇怪，這些旗子雖然在雨中，卻一點兒也沒被淋濕，還隨著風飄揚著。他們幾乎足不點塵地飛馳著，直到林中深處，才見到一間茅草屋子……

「旻杉，帶著你的隨從進來吧！」

門居然自動開了，胡勤才張大了嘴巴，還來不及表現出吃驚之意，就被主人輕輕一帶，飛身縱入茅屋內。

裡頭有個白髮長鬚的老公公，和他們主僕一樣著白袍，見到他們也不問來意，便指著前方要他們坐下。

「白長老……」

「我知道你的來意，坐下，我的王子。」他搖搖頭，「不，應該喊您陛下才是，這麼多年了……卻總是改不了口。」

沒錯，這位俊逸無雙的公子便是銀狐陛下旻杉。

能讓他跋涉到此的原因只有一個，就是鷹族的公主，也是他的妻子，銀狐之后。

白長老是他最後的希望了。

這白長老是旻杉的師父，他是由長老教養成人的，白長老是銀狐的恩師。

要他們坐下？

胡勤四處張望著，這茅屋內空無一物。

哪兒有椅子？

除了白長老所坐的那張凳子之外，連張桌子也沒有，哪來的座位？

「謝謝師父賜坐。」

旻杉長袖一揮，轉瞬間，室內立即多了一張石桌，另外還有兩張椅子在桌子旁。

見出現了椅子，胡勤連忙在主人變出來的座位上坐下，一句話也不敢多吭。

這白長老神祕莫測，想要見他一面比登天還難，哪裡有他插嘴的餘地？

「喝茶吧。」

怪！一張剛變出來的空桌子上，立刻又多出來茶具和茶杯。

胡勤二話不說就捉起茶壺注滿茶杯，三杯，一杯不少。

旻杉紋風不動地坐著等著白長老啜飲茶水，就算心急如焚也隱藏得極好。

「不錯。」白長老緩緩放下杯子，「有些耐性。」

「弟子慚愧。」

喜怒不形於色，這是天狐一族修煉的目標，似真似幻，高深莫測。

「都等了這麼多天了，再等一會兒又怎麼樣呢？旻杉，你的功夫倒是全沒放下，不愧是我最得意的弟子。」

「弟子不敢。」

「旻杉，你也算是天賦異稟！」

天賦異稟，這到底該喜還是悲呢？是福還是禍？

「長老，為何不回應我的召喚？直至現在才現身？」

旻杉終於開口，這句是他所說過最像埋怨的話了。

白長老表情嚴肅，「因為陛下想要做的事太困難了。」

胡勤驚訝，「長老早就知道我們會出現？」

白長老點頭。

「那怎麼還讓陛下走了那麼久才現身，陛下從一出宮門就沒歇過腳，一直往北奔走，一刻也沒停。」

「幸好他一刻也沒停，否則連我也幫不了他。」

「長老是在測驗我的毅力？」旻杉輕淡地問。

白長老挑眉，「不高興？」

「我通過了嗎？」

長老呵呵地笑了起來，但眼中卻沒有笑意。「我想不出有哪一次試驗你通不過的，但是……即使通過了，也不能保證你可以找回公主。」

旻杉眼中有銀色寒芒一閃。

「公主死了。她已墜入輪迴之中。」

旻杉咬牙，「她不會死！她是鷹族的公主，鷹族是鳳鳥中的支系，鷹族的公主擁有火鳳重生的機會。」

白長老點頭，「沒錯，你也知道還有一次機會，這次要是找不回她，讓她心甘情願回到你身邊，就再也尋不回你的妻子了。」

「她在哪兒？」

旻杉怒起。

「沉不住氣？」白長老瞪他，「你也會有沉不住氣的時候了？」

「她在哪兒？」他又問了一次。

「坐下。」

旻杉深呼吸，臉上的表情漸漸平靜。

「不知道。」白長老索性閉上眼睛。

「不知道？」他握拳搥向桌子，發出砰然巨響。

「不過鐵定還沒降生。」

「不會的！」

「要不然這場雨也不會下個沒完。」

「這不可能，已經好幾個月了，師父您不可能不知道。」

「怎麼會不可能？」白長老睜開眼睛直視他，「如果公主的下落這麼好查，陛下又怎麼會出現在老頭子這裡？」

旻杉聽他一言，雙肩頹然垂下。

「龍王和鷹王斷然不會將公主下落告訴你，龍族的黑長老和鷹族的藍長老也封鎖了所有關於公主轉世的消息，就連我也查不出。」

旻杉痛苦地將頭埋在手中喊，「為什麼……」

「你知道這是最後一次得回公主的契機，他們當然也知道，你居然還問為什麼？」他嘴裡發出嘖嘖聲，「虧我白教你一場，你看看自己現在是什麼模樣？」

旻杉的肩抽動著，隱忍著痛苦。

「你還有一族之主的威風嗎？」

「我不要當一族之主！」他吼了出來，「一個孤獨的王有什麼好？為什麼他們會知道她在哪兒？我是她的丈夫……卻不知道她降生何處？」

「還有一個希望。」

旻杉抬起頭，眼裡閃著可憐的希望。

「你去找紅長老幫忙，只要找到紅長老，應該有著落，她應該知道公主的下落。」

旻杉原本清亮的眼中已充滿紅絲，「紅長老？」

天界四大長老分別是鷹族的藍長老，及龍宮的黑長老，和現在的白長老及紅長老等四人。

在四大長老之中就只有紅長老不偏向任何一族，也就因為如此，紅長老的行蹤最難捉摸。

要找白長老都這麼費事了，何況是紅長老呢？

「你可以一邊找紅長老，一邊沿著鷹王和龍王的地盤尋找公主的下落，雖然不能確定公主正確降生的地點，但可以肯定在鷹王和龍王的勢力範圍，雖然紅長老不偏袒任何一族，但她一向疼愛公主，一定會在公主身邊陪伴她……」長老突然皺眉頓了一下。

「怎麼了？」胡勤耐不住性子。

「轉世的公主並不好認，可能和從前的她差了十萬八千里……」

「連我也認不出來？」

「對。」

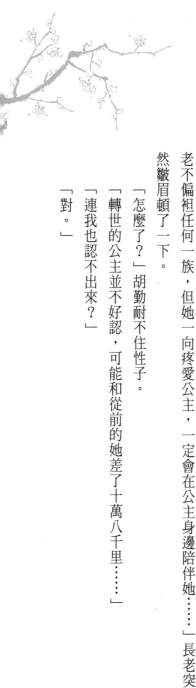

旻杉不相信，「我的妻子？」

「你……」白長老嘆口氣，「你和公主之間的業障太深，要想一眼就認出她，恐怕很難……」

若是夫妻見面不相識，那豈不是人倫慘劇。

「一點辦法也沒有嗎？」

「也許……如果你們真有緣份，到時候你就會認得出來。」

胡勤嘆口氣，「長老，您這不是廢話嗎？」

「不得無禮。」

旻杉冷冷掃去一眼，令胡勤驚顫。

「請長老原諒臣放肆。」

「對了。」白長老眼睛一亮，似乎想起了什麼。

「師父請明示。」

「公主的硃鷹標記，這是唯一的線索……」

「她額上的美麗硃鷹印記？」

長老點點頭，「身為人類就是胎記了。」

硃鷹標記是皇族的印記，除非鷹王陛下率長老等人施大法隱去，否則在鷹族人取得皇族地位時，就會浮現這個印記。

這個地位可能因婚姻或是血統而取得。

「陛下，你們沿著高山和海洋行走，等發現線索後就停下來，但是……」他警告旻杉，「一定要在公主十八歲前找到她，否則就沒有希望了。」

「這是最後期限？」

「是的。」

「我明白了。」

「但凡人女子在十八歲才決定終生，已經算是晚了。」長老嘆口氣，「可惜我只能幫你查到這一點。」

「總比漫無頭緒要好，時間緊迫，我要馬上動身。」

旻杉起身告辭。

白長老陪他們兩人走出門外……

「雨停了！」胡勤驚喊。

烏雲散盡。

晴朗的藍色天空漸漸露出臉來，水氣經過陽光一蒸騰，遠遠的山嵐邊浮著一道彩虹，朦朧如仙境。

霎時，與來時的陰霾真有天壤之別。

「公主降生了。」白長老宣告。

旻杉心情激動，平日如無波古井的神情隱隱透出喜色。

長老仰望著天空，「真沒想到，龍王陛下露出馬腳，我看你們就從漁村開始找吧！」

旻杉同意，「龍敖乃至情至性之人，有什麼心事是藏不住的，可能會比在心高氣傲的鷹王身上去下功夫來得快。」

「對，正事要緊，你避開跟鷹王衝突，儘快去吧！」

旻杉點頭。

旻杉知道鷹王對他有很大的敵意，絕對不會將尋找公主的線索告訴他，雖然龍王也對自己沒好感，但是想要從熱情的龍敖身上找到蛛絲馬跡，也許會比較容易。

【番外二】聖女銀子

星月如鉤，夜露深重，旻杉獨坐在樹下吐納養氣，他的修為與功力原就超凡入聖，只是經過巨變後的心傷與日夜兼程的疲累已經令他心力交瘁。

「事到如今……我只想問……你究竟有沒有愛過我？」

「此生，妳將是我唯一的妻子，這還不夠嗎？」

旻杉閉著眼睛，隨著時間過去，臉色愈來愈慘白。

「陛下……陛下……」

已到緊要關頭，胡勤擔心主上被心魔侵擾，他力持平靜，低聲但堅定地在旻杉耳畔說著，「陛下，公主已經轉世，你正在去尋找公主的路上。」

他一遍又一遍地重複，一次又一次地敘述他們離宮之後的細節，旻杉的臉色原本由白泛青，漸漸地又轉白，進而恢復血色，眉間黑紫之氣盡散。

當旻杉睜開眼睛，精芒一閃又收斂，除了額角仍帶著細汗，幾乎看不出他剛才正經歷走火入魔的險境。

「陛下……」胡勤一鬆懈，頓時雙腿發軟倒坐在地。「陛下……」胡勤一時涕泗縱橫，哭得不由自己。

旻杉起身，敬重地扶起他，「胡勤，真多虧了你。」

「陛下，您休息幾天吧！」

「不必，我們上路，我沒事了。」

幾乎要走火入魔，這怎麼會是沒事？

但君令在前，胡勤從旻杉少年時就跟在他身邊，自知主上不輕易改變主意，於是也不再多勸。

「胡勤，消去結界。」

「是。」

剛才胡勤在他們周圍設下一個結界，讓外力外物不能侵擾，不料旻杉卻被心魔所困，現在危機解除，他施法掐訣，消除結界，並用法術消去周圍一切痕跡，隨著主上離開。

自從離開白長老處，他們主僕展開了艱困的旅程。

雖說任務有個方向，但茫茫人海中，要找尋一個人會有多困難？又談何容易。

旻杉依著白長老的建議由沿岸開始，天色還灰濛濛的，下了那麼久的雨才放晴，天色似乎一時還亮不起來。
天還沒亮，就看到有婦女在岸邊和礁石尋找撿拾貝類。
「陛下，您看！」
礁石邊有個藍色包袱，因為是布料，在滿是礁石和砂礫的海邊極為顯眼，走近一看才發現是嬰兒的襁褓。
「是個棄兒。」
旻杉點頭同意，他走過去，輕輕緩緩，足不染塵，白衣隨著海風飄揚，在這海潮的礁岩邊，他依舊飄然若仙，連滴水也沒有沾上。
「誰那麼狠心，把孩子丟在這裡。」
胡勤叨叨唸著，正要上前將孩子抱起來……
旻杉舉起手來阻止，「慢！」
不遠處有海女慢慢走來，旻杉掐起訣來施咒，遠處的海女們似乎對他們一無所覺，如同隱身。
「還是陛下心細，恕臣一時疏忽。」
胡勤將孩子抱到旻杉面前，「陛下，雖然是退潮，但若是沒有人撿走這孩子，那不就糟了？不如我們……」
「你忘了規矩？我們只旁觀，不插手。」

對於世間的事，他一向旁觀，若非惡靈出世，或是天崩地裂，生靈塗炭非要他插手不可，旻杉只會遠遠地看著，不會干預天道循環，何況……

這海邊各處還是龍王的陸上轄屬，本不關他事。

「是。微臣知錯。」

旻杉接過孩子，嬰兒並不哭鬧，在冷冽的海風吹拂之下，臉色泛青。

「陛下，這孩子該不會……」兇多吉少，胡勤沒將後面的話說出來。

旻杉抱著嬰兒的手漸漸泛出暖意，而周身緩緩地亮了起來，像一個圓，愈在中心光亮愈盛，周圍卻濛亮如同月暈。

旻杉注視著孩子柔嫩的臉龐漸漸有了血色，唇紅似血，膚似雪。

一時間，他竟覺得這孩子額上浮現出飛揚的硃鷹標記。

「這……」

再一凝神，那雪白的肌膚上卻什麼都沒有。

旻杉暗嘆。

他是心切而亂神，眼花了。

竟然到了這種地步，這件事已經影響了他的修為，令他功力大減。

「災民養不起孩子，在退潮把孩子放過來，無非是想要退潮時來撿拾貝類的海女發現她，留給孩子一條生路。」

「陛下說的是，微臣只是覺得孩子可憐。」

原先沒有哭聲的孩子在旻杉為她驅寒之後，有了生機，開始不安份地扭動著，時不時發出嚶嚀的聲音，最後小臉一皺，哭了起來。

旻杉皺眉。

他雖然下咒隱了他和胡勤兩人的身形，但卻沒有對這孩子施法，這孩子一哭就會引人注意，破壞了他想隱藏行蹤的本意。

旻杉雙手平伸外推，手上嬰兒便騰空抛出，隨著他的真氣導引，孩子緩緩地往礁石旁邊降下……

一聲驚叫。「啊……」

「看那邊有孩子……」

果然，這嬰兒的哭聲招來海女，而旻杉顧及孩子幼小嬌弱，遣回孩子的動作輕緩，以致於讓海女見到這一幕。

當然她們看不見狐王陛下和他的隨從，只見到嬰兒襁褓由天而降。

旻杉嘆口氣，「我們走吧。」

知道自己插手必造成這孩子命數改變，旻杉雖然有些懊惱卻也無奈。

「是，陛下。」

旻杉轉身前，一道銀光閃過。

胡勤也不是凡人，在一瞬間就看出那是財物，銀兩。

「陛下您……」

「既然都已經這樣，那就是注定如此，我就保她平安！」

聽見嬰兒哭聲的海女們迅速地往嬰兒身邊聚集。

「瞧，這女娃子剛才浮在天上，我親眼看到的。」

「不會是被災民丟棄的孩子吧？最近好多災民流浪，沒衣沒食怪可憐的。」

「老天，這是銀子。」有人發現了襁褓上的銀子。

「這孩子身上帶著銀子，這絕不可能是災民。」

「身上有銀子，又由天而降，莫非是……龍王使者。」

「沒錯，一定是龍王使者，龍王派到我們村裡的使者，前幾天海福村不是也說來了龍王聖女了嗎？」

「我們這個才是真的龍王聖女才是。」

眾人皆點頭稱是，尤其是剛才親眼看見龍王使者顯靈由天而降的海女。

「我們該給聖女起個名字吧？」

「銀子，她身上帶著銀兩，鐵定可以替我們村裡帶財，不如叫她銀子吧？」

「好，好……這名字好，太好了……」

聞言，旻杉淡然一笑，率胡勤如雲遠颺，不揚起一片塵。

【番外三】前世──殞落

旻杉早就料到有這麼一天到來。

事實上，就算他再怎麼神通廣大，也不可能將公主的行蹤瞞上多久，殷宇和龍敖會追來也是理所當然的事，只不過……

他沒想到竟會這麼快。

他還不確定妻子的心意，這個被他搶來的天后。也就是……

她有可能在混戰之中跟著殷宇和龍敖回去，想到這裡，旻杉就為此痛苦不堪，雖然他認為她在這兒是快樂的，但是一切都是那麼地不真實，就像幻境一般，什麼都不能確定。

「陛下，我們應該備戰了。」

沒錯，應該備戰，他們天狐一族從來不打沒把握的仗。

「這回一次給他們很大的打擊，我們將鷹族的公主硬生生地從他們的地盤搶來，殷宇的顏面盡失，陛下這回給他們的是……致命的一擊。」

暗處有人影一震，而後靜靜地離開，誰也沒發現。

「就先備戰好了。」

「族人的性命重要。」

「先採取守勢，不要主動出擊。」旻杉在仔細考慮後下了這個決定。

在爭奪之中，她會選擇他嗎？

她愛他嗎？

旻杉第一次覺得惶恐，這可能是報應吧！

他用狡計騙了她，現在就得承受後果。

若是她現在離開了他，旻杉不以為自己可以承受這麼大的打擊。

他已深深地愛上了她，雖然要她做這樣的抉擇並不公平，他還是希望她在緊要關頭會轉向他，永遠不離開他。

＊＊＊

這回一次給他們很大的打擊，我們將鷹族的公主硬生生地從他們的地盤搶來，殷宇的顏面盡失，陛下這回給他們的是……致命的一擊。

她悄悄地飲泣著，幾次哽咽到呼吸困難不順。

早就知道兩族之間有衝突，但是……

怎麼也料想不到，旻杉為了打擊他們，會願意娶她為妻，在心被騙了之後才發現事實，這個認知令人多麼傷痛？

她原本以為旻杉是愛她的，這些日子以來，那些溫存笑語，那些柔情……若不是真情，又該如何解釋，又讓人情何以堪？

如今仔細回想，旻杉的確從來沒有對她承認過愛她，或許全是她一廂情願，他對她全是虛情假意。

不過，即使只是虛與委蛇，他也光明正大地娶她為妻，只是……

真的要跟他過一輩子？

真的要為了一個對她沒有感情的人背負著背叛親族的污名過一生？

她真的辦得到嗎？

「怎麼了？」

她一震，用錦袖揮去淚痕，回頭面對旻杉。

旻杉的笑容僵在臉上，見到她紅腫的眼睛就知道情況不妙，如今已兵臨城下，他正不知道該如何對她開口，而她的神情讓事情更難解釋。

「你真的要對我的親人不利？」

「公主……」

她的語氣不穩，「要對我的哥哥下手？」淚水又滑落臉龐，「難道有了我還不夠嗎？要是對他們有什麼不滿的地方，請你報復在我身上吧！」

「妳怎麼知道的？」

「我聽到的。」

這該怎麼收拾？

「沒想到貴為公主的妳也會偷聽。」他煩惱不已。

她並沒有竊聽的意思，但也沒有必要對他解釋，再怎麼樣都是多餘的。

「我好恨！」她咬緊下唇，不想要啜泣出聲，「好恨……」

她恨他！

他就是怕這樣。

為什麼殷宇他們不可以晚一些才到呢？這樣他就有多點的時間消除她的心防，現今這種狀況，要獲得她的心已是不可能……

「我不會主動出擊，全採取守勢，若是他們不刁難我們，是不會起衝突的。」

即使在現在，他仍不後悔愛上她！

旻杉為了她，做了最大的讓步。

但他的話幾乎等於宣判了她的死刑。

完了！

鷹王陛下是不可能屈服的，以殷宇的個性是至死方休，鷹族寧折不彎，沒有變通的可能，絕不會放棄。

這所有的責任應該都由她負，因為……

是她愛上了不該愛的人！

「事到如今……」她深吸一口氣，卻仍忍不住顫抖地看著他，「我只想問你……」忍不住啜泣出聲，「你究竟有沒有愛過我？」

他該向她告白嗎？

能嗎？

若是她幫助殷宇和龍敖來對付他，那旻杉就陷入萬劫不復的深淵中了，他一人遇險是不要緊，但族人呢？

他能陷族人於危機之中嗎？

「愛？我此生就妳一個妻子，這還不夠嗎？」

他是愛她的。

銀狐看著公主淒美絕倫的臉，想說的話卻梗在喉中，一個字也吐不出來。他想伸手安撫她微微顫動的肩膀，卻又猶疑地停在半空中。

她要的是什麼？

是他的愛？還是他的命？

他，神族最偉大的王之一「銀狐」，是皇族中最英俊的皇子，經過了多少權力鬥爭才有今天，明亮的眼中隱著最狡詐聰敏的機智，誰也猜不透他的心意，是狐族最大的驕傲，統領著整個陸地。

「公主……」他聲音粗啞。

公主看出他的猶豫，編貝般的玉齒緊緊扣住櫻唇，唇上幾滴鮮豔的血珠正好映著她眉眼之間硃鷹印記，淒絕動人。

秀額上的展翅硃鷹證明了她的身分，美麗的公主是鷹王的妹妹，一個不能相信的女人，也是……

他心繫的妻子。

「我……明白了。」她碎不成聲地哭泣著，「我只是沒想到……」

她付出了一切，所得到的就只是這個？

她背棄了兄長，背叛了未婚夫，愛上這個強擄她到這個燦爛皇宮的男人，卻連一句承諾都得不到？

＊＊＊

「我此生就妳一個妻子，這還不夠嗎？」

自他見到她的第一眼，他就想要她。

當時公主仍是龍王的未婚妻，他不惜與鷹王及龍王反目，將她擄回，並娶了美麗的公主為妻。

公主即使不情願，也從未對任何人提起過，這樣溫柔可人的女子，是他一生中最重要的珍寶，他說什麼也不會放棄她，不管是誰都不能將公主由他手中奪走！不過……

該來的還是來了。

鷹王和龍王率眾在宮門外，為了救回公主兵臨城下，要與他決一死戰；他自知理虧，所以並未參戰，一味地退讓。

她可以趁這個機會幫助他們，如果她的心中對他曾有一絲怨恨，都可以利用這個機會報復，只要……

他坦白對她的愛意，而公主鄙視地擲回他的臉上，嘲笑他的心意，就將簡單地陷他於萬劫不復的地獄。

所向無敵的王只有一個弱點，狐族一向以捉摸不定的狡獪自豪，而銀狐更是其中之冠，當他們將自己的弱點展露在他人面前時，就等同將自己暴露在最可怕的詛咒之中。

一切都將煙消灰滅。

這是多麼殘忍的詛咒啊？

他不能對自己深愛的女人吐露心意。

若他不是一族之主，還可以賭他一賭，但在目前這種情況，要是自己有了什麼萬一，族人必定會被鷹王等人消滅，還有那些奉他為主的外族也會遭殃，他……不能這麼做。

但公主眼中的絕望令他心碎，偉大的銀狐陷入兩難之境。

「是我的錯……」她抽噎著，「如果沒有我，今天這種情況也就不會發生了。」善良的公主自責著，「如果沒有我……族人不必涉險。」

她頭上優美的金釵隨著她劇烈的顫抖掉落地上，釵尖在陽光的照射下閃著鋒利的光芒。

公主著魔地看著金釵。

她只是一顆棋子，讓天狐一族打擊鷹族的重要棋子。

「公主……」他的心狂跳著，似是不祥的預兆。

她抬起頭，表情淒楚，「你知道我有多愛你嗎？你怎能這樣對我？」

她愛他？不可能的，公主怎麼會愛上一個強擄她，並強娶她為妻的強盜呢？

銀狐明白自己並不算善待公主，多疑的個性使他猶疑，他不相信她的話。

「我不相信……」他喃喃地說道，「絕不可能的……」

她到現在才知道，原來心碎是什麼聲音。

淚已流得太多，公主拾起面前尖銳的鳳釵，這是他送給她許多昂貴飾品的其中一項，他曾讚她戴上這金釵時，美豔不可方物，還有許多如雲彩般的衣裳。

她最想要的卻永遠也得不到，永遠……

嫁給了他，她也算是天狐的一份子？還是永遠是鷹族的人？

對於鷹族，她該以死謝罪，掏心剖腹以謝族人，也許讓生命如泡沫般消逝會是最好的結果。

「放下它！」

鷹王破門而入。「放下那只釵。」

「哥哥？」

她的眼睛含著淚光，她和哥哥一向都有感應的，他是否也察覺到她的決定？

隨著鷹王之後，龍王也進來。

看見公主手上的金釵，龍敖大吃一驚，「妳要幹什麼？」

「我對不起你……」她猛眨眼睛，強忍不想淚水掉下。

「不干妳的事，我們帶妳回去，一切都沒事了。」龍王安慰著她。

她拚命搖著頭，如雲的秀髮散落在頰旁，更添一股哀怨的美感，「再也不可能回到原來的樣子，是我的錯……」

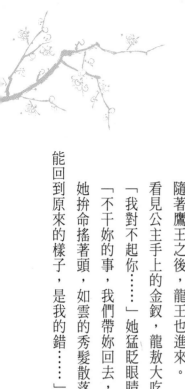

她緊握住釵，指節發白。

「這不是妳的錯，」鷹王怒指著銀狐，「是他！」

「是我的錯。」她深吸口氣，舉高鳳釵當胸刺下，「只要沒有我……」

「不……」銀狐心痛大叫，在公主軟軟地倒下時，正好奔至她身邊抱住了她，「妳怎麼這麼傻？」鮮血由她胸前傷口泉湧而出。

「為什麼？」鷹王也到她身邊，「妳為什麼不聽我的話？該死！」

「我是該死……」她握住鷹王的手，「可不可以答應我一件事？」

一陣劇痛襲上，公主嘴角溢出鮮血，銀狐摟著她的雙手顫抖著。

「我不是這個意思。」鷹王怒咒，「妳想要什麼，我有哪一次沒答應過妳？妳是我最疼愛的妹妹啊！」

公主發現從未落淚的哥哥眼裡閃著淚光，心中極為愧疚，她轉頭尋找龍王。

「我在這兒。」他握住她的另一隻手。

「我快看不清你們了。」她知道自己的時間不多了，「我希望這件事隨我死後結束，一切的恩怨就隨我消逝……」

鷹王冷峻地瞪著銀狐，就是不開口。

公主嘆口氣，眼睛懇求地轉向龍王，「答應我，好嗎？」鮮血嗆得她不住咳起來，嘴角溢出血絲。

「我答應妳。」龍王至情地掉下眼淚，「什麼都答應妳。」他硬扯住鷹王的手，「他也答應妳，我保證。」

一直以來，他就像是她另一個哥哥，「謝謝你，希望下輩子能回報你。」

銀狐終於開口了，「妳不會死的，我不許妳死！」他的聲音暗啞粗糙。

公主仰起頭笑了，「還是那麼霸道？我就要死了，我褻瀆自己的生命，誰也沒法子救我……」她又噴出一口鮮血，「我恨……恨我為什麼要付出真心，為什麼要說出我的心意？為什麼要愛上你……」她掙扎地抓住他的前襟，「記住這次的教訓……」無力地滑落他的懷中，「不再……露出真心，永遠不說真話……」

「不……」銀狐淒厲的嚎聲嚇人。

她在他懷中嚥下最後一口氣。

【番外四】狐心高照

鷹族崇武，不論男女，外表看來冷情，行事作風悍厲，但內心熱情如火，獨占慾強，如冰與火難以相容的個性，卻在此族身上得到完美的融合，而且民風強悍，才會以法治國，嚴刑峻法也是有道理的。

這也就是殷紋會愛上世仇，任性地傾心於搶婚的旻杉，一頭栽進天狐陛下陷阱的主要原因。

對鷹族的姑娘來說，再怎麼離經叛道，只要下定決心，就勇往直前，死不回頭，因此殷紋當年在城內自戕，鷹族的人可以理解。

但旻杉可不能理解，失而復得讓他患得患失，一直到很久以後，只要憶起當年的事，每每讓他由夢中驚醒。

「旻杉、旻杉？」

他睜開眼，猛坐起身，額冒虛汗，轉頭見到紋紋身著寢衣在他身邊，又鬆了口氣，倒回床上。

「怎麼了？」紋紋露出擔心的表情。

「沒事。」

他伸手將她攬入懷中，心中正覺得安穩……

紋紋推開他，打算起身。

旻杉反手拉她，「紋紋別走。」

她笑了笑，「你的寢衣都濕了，我替你拿衣服來換。」

他有些不願，這事可以吩咐值夜的侍從去做，但還是放手，任她下床。

紋紋對他溫柔，這擾人的夢境已經許久沒有侵擾他了，只是……

最近有一件事讓他覺得心中不安，是日有所思，夜有所夢。

他們夫妻恩愛，公主回到他身邊這五百年來，遇事旻杉不與她爭、不與她辯，自是吵不起來。

前陣子銀子王后突然前來做客，單騎前來，旻杉雖然覺得有古怪，但也不能不接待這位貴客，何況又是舊識。

但怎麼見紋紋和藍銀兩個在一起絮絮叨叨，像小鳥一樣吱吱喳喳地，他心裡總覺得發毛，有些不安。

尤其最近又逢年度朝會，派往各處的官員紛紛回朝晉見，其中不乏有年少時牽扯不清的對象，所以只要見到銀子和紋紋兩人湊到一起攀談，他就覺得毛骨悚然，直冒冷汗。

天狐一族熱情外顯，民風開放，男女之防也不似鷹族和龍族嚴謹，未婚男女只要兩情相悅，相偕出遊同宿也是時有聽聞，算是常見。

旻杉年少時也曾荒唐，在名花之中遊過一回，而且還是徹徹底底的一回。

雖說是你情我願，而且自從他與殷紋定情之後就安份守己，但只要一想到妻子的烈性，就萬分心驚，深怕當年之事再重演。

講出去會被人笑死，旻杉幾乎哀怨到……

怨恨自己年少時未曾守節等待的地步。

紋紋拿來乾淨衣服替他換上，他心神不寧，惶惶然像個木偶一樣聽話任她擺布。

「怎麼這麼乖。」紋紋取笑他。

旻杉一把抱住她，將頭倚在她頸側，全身軟軟地靠在她身上，紋紋笑著要躲，卻被他牢牢抓住，最後受力不住，雙雙倒臥床上。

「我好怕……」他緊纏著她，仍維持交頸模樣，親暱至極。

紋紋拍拍他的背，「惡夢也怕？你真是愈來愈像孩子了。」

「我夢到妳又離開我了。」

紋紋笑了，「你想得美，我不會放你走，一定要死死纏住你。」

旻杉驚喜，「真的？」

「是啊，我怎麼敢，最近宮裡來了好多美人啊！」

旻杉心中大震，悄悄鬆了鬆懷抱，用眼角餘光偷偷打量著妻子。

「聽說有幾個都跟你很熟。」

他翻身平躺，側過身背對著她，「我們睡吧！」

他很明顯表達不想繼續這個話題。

「心虛？」

「我哪裡心虛了。」

「聽說天狐一族裡的姑娘一向強勢大膽，熱情奔放，而且體力過人……」

旻杉咕噥著，不敢多應。

「能文能武又美貌惑人……」

旻杉火大了，他從榻上坐起來，面對著妻子。

「有什麼話妳就說吧，不要夾槍帶棒。」

紋紋不解，「你怎麼了？我稱讚你族人，你不高興？」

看她疑惑的表情，旻杉一驚，難道他真的做賊心虛？不行，這樣會露出馬腳。

他欺身壓上她，右手撩開她的寢衣繫帶，埋頭而下，直到聽見她嚶嚀出聲，才滿意地轉移陣地。

「鷹族的公主一樣溫柔可人，令人癡狂，欲仙欲死……」

「唔……」紋紋正要開口，卻被他抬頭以唇舌堵住。

之後，他在耳畔輕語，時不時吮著耳珠，「以後在榻上，不許提到別的女人的名字。」

她以為只有女人會忌諱丈夫在床上想別的女人，怎麼旻杉的反應比別人奇怪。但還來不及細想，便被他緊接的攻勢混亂了心智，他俯身而下，紋紋整個人軟軟地貼在他懷中，像是化成了一灘水，任他溫柔撫過她寸寸肌膚，親密地侵入。

＊＊＊

意識到危機的狐王陛下匆匆尋來近侍總管，要近侍注意藍銀王后與紋紋的一舉一動，並如實向他稟告。

不查還好，一查就驚死人啊！

原來這些日子藍銀與紋紋不停與宮中貴婦聚會，而其中又有不少知道他往昔風流韻事之人，已經到東窗事發的境界。

光想到這兒，狐王陛下就瀕臨崩潰。

這個「銀子」絕對不能再留在宮中，後患無窮。

狐王不用心機則已，要是他事事留心，當然不可能找不出破綻，他派出密探搜索，發現了一個祕密。

這鷹族王后竟然是私逃來的。

人不犯我，我不犯人，這個藍銀既然犯到他頭上，威脅到他們夫妻感情，他當然要想想辦法去除障礙才是。

想這五百年來，殷宇與旻杉互不相犯，邊境偶有紛爭，旻杉看在妻子的份上也不想計較，多退避忍讓，也算保得平安。

不過鷹王陛下對他芥蒂很深，殷宇很會記仇，這些年與他們來往的次數少得可憐，如今這藍銀單騎簡從，可見鷹王不知道她的下落，應該是負氣離家。

旻杉於案前修書一封，打算命人送往鷹宮，欲借殷宇之力，除掉此時心腹大患藍銀。

「胡勤。」

「微臣在。」

旻杉將書簡遞給胡勤，「遣你為使，立即將密件送往鷹宮。」

「微臣遵命。」

* * *

鷹宮

殷宇收到旻杉信箇，才一展開，信上內容令他喜怒參半。怒的是旻杉居然敢用銀子的消息要脅他，要求兩國交好的實質信物或象徵。喜的是終於有了銀子的下落。

自從那天她負氣離宮，他寢食難安，夜不能寐，度日如年啊！

遣人安置好特使胡勤，殷宇將信件遞給藍長老，「長老的意見如何？」

「既然狐王有銀子的消息，就依他要求吧！」

「要我受他要脅？那心機重的旻杉還不知道打的是什麼主意呢！」殷宇不甘心。

「依微臣看來，陛下不如送上美女酬謝狐王高義。」

「美女？」殷宇先是一怔，轉而哈哈大笑。

旻杉雖然心眼多又狡詐，但有一個弱點，就是妻子殷紋，殷宇又怎麼會不知道旻杉對於紋紋愛若性命，呵護備至，深怕惹她一個不高興，情海生波。

「陛下以為如何？」

「高招，就這麼做。」

「除了美女，微臣還有一事建議……」

＊＊＊

當看見胡勤與藍長老領著一列美女來到，旻杉的臉都綠了。

他什麼都算計到了，就是沒有想到鷹王會惡毒地送上美女離間他們夫妻兩人。

「果然這夫妻兩人都不是什麼好人。」他喃喃自語。

紋紋也納悶，「哥哥送來美女做什麼？」

藍長老上前稟報，「兩國交好，陛下應狐王要求，送上美女。」

被算計了，現在這個「美女」反而變成他要求的。

果然，紋紋不開心了。

「旻杉，你還想要多迎幾個天妃嗎？」

旻杉一聽大驚，反射地站起，「紋紋，天地為證，我旻杉此生就殷紋一后，至死方休，若有違此誓，天地不容，天誅地滅。」

此誓之毒，震得殿上一片死寂。

「陛下……」紋紋眼眶泛紅，心中感動。

藍長老哈哈大笑，「陛下果真性情中人，公主有此良配，我王實為欣慰，另令小臣帶來匾額一塊，望王能高掛殿中，以彰顯兩國之誼。」

當旻杉見到那匾，原本就發綠的臉色轉青。

狐心高照？

他實在太大意了，沒想到鷹王竟然那麼陰損，狡詐不下天狐一族。知道在送上美女時，紋紋的問話會讓他心神大震而舉止失措（很不幸地，這變成他的弱點，普天之下無人不知）。

又在他立誓之後，送上那塊匾，還明言要高掛殿中，現在只要有人看到那匾，就會聯想到狐王陛下有多麼怕老婆了吧！！！

＊＊＊

夜裡，在寢宮之中，狐王陛下正躺在妻子懷中修復他重創的心靈。

「銀子已經走了，你高興了？」

「什麼？」她知道他用計把銀子送走？「紋紋，妳是說……銀子是故意去見那些女人的？」雖然有些後知後覺，但旻杉也不是笨。

「她也已經待久了，偏偏哥哥那麼笨，就是找不到她，所以才想了這個方法。」

旻杉一震，從床上直直坐起，「妳……妳是什麼時候知道的？」

「陛下指的是什麼？」紋紋露出一個俏皮的微笑，「是指天狐一族的狐王陛下精力過人、熱情奔放，曾在年少風流時四處留情，欠下許多風流債的事嗎？」

「該死。」

「沒想到我聰明一世，卻在今日連中兩計。」他長吁短嘆，但又放下心中一塊大石，「紋紋，我一直擔心妳知道那些荒唐事，會離開我，我真的不能失去妳。」

紋紋偎入他懷中，柔柔地說，「我怎麼會，那是以前的事了。」

沒想到他居然娶了一個寬宏的妻子，「如果我再犯呢？」

紋紋咧嘴一笑，美艷如花。

「我會趁夜，四下無人之際，殺了你。」

【番外五】《神國少女》番外篇

天狐一族護送銀子與藍長老回到鷹族領地。

原以為到了鷹族地盤，鷹王會親迎王后回去，傳言殷宇愛極了這位銀子王后，但傳言似乎不可信，沿途沒有任何的鷹族軍隊跟隨護送，王后最後冷清地回到宮中。

銀子進了棲鳳宮，無視周圍四下淒涼，這五百年來，她都與殷宇同宿帝殿，這裡冷僻是很正常的。

她餓了。

「來人。」銀子吩咐宮人，「傳膳。」

以她現今的情況，是餓不得的，銀子懷了仙胎，身為孕婦的她和以前不同，注重養生。

當鷹王陛下怒沖沖地進來，王后正在用餐，臉上帶著恬適的表情，案上豐盛餐點令人垂涎。「都給我出去。」他趕走所有服侍的宮人。

真是想氣死他，他在宮裡等著她來認錯，等到他鬍子都快要白了，沒想到她居然在這裡大吃大喝，還一副滿足的樣子。

「你知道你做錯了什麼嗎？」

令人震驚的是，這句話是銀子說的。

殷宇一聽就軟了下來，像小貓一樣挨到她身邊，「妳還在生氣？」

「我哪敢，你都不找我了，還把我趕到冷宮裡來。」

居然說王后的棲鳳宮是冷宮。

「我哪是不找？我是找不到啊！何況是妳要回棲鳳宮的，我等得不耐煩都自己衝過來了。」

銀子提高聲音，「你還有理？」

「對不起，以後我不會再對妳管東管西了。」

「也不可以對我大吼大叫，也不怕嚇壞了孩子。」

孩子？「妳懷孕了？那妳還這樣亂跑。」殷宇大吼。

銀子眼眶一紅，眉眼才掃過他。

「我錯了。」殷宇低頭，「是我的錯。」

事實證明，鷹王陛下並沒有比狐王陛下威風到哪兒去。

國家圖書館出版品預行編目資料

千尋公主／尹晨伊著. -- 初版. -- 臺北市；商周出版；家庭傳媒城邦分公司發行,
民 100.11
面； 公分. --（尹晨伊作品；02）

ISBN 978-986-272-064-6（平裝）

857.7 100021066

尹晨伊作品02

千尋公主

作　　者／尹晨伊
企畫選書人／劉枚瑛
責 任 編 輯／劉枚瑛

版　　權／葉立芳、翁靜如
行 銷 業 務／林彥伶、林詩富
總　編　輯／何宜珍
總　經　理／彭之琬
發　行　人／何飛鵬
法 律 顧 問／台英國際商務法律事務所　羅明通律師
出　　版／商周出版
台北市中山區民生東路二段 141 號 9 樓
電話：(02) 2500-7008　傳眞：(02) 2500-7759
blog：http://bwp25007008.pixnet.net/blog
email：bwp.service@cite.com.tw
發　　行／英屬蓋曼群島商家庭傳媒股份有限公司城邦分公司
聯絡地址：台北市中山區民生東路二段 141 號 11 樓
書虫客服服務專線：(02) 25007718・(02) 25007719
24小時傳眞服務：(02) 25001990・(02) 25001991
服務時間：週一至週五09:30-12:00・13:30-17:00
郵撥帳號：19863813　戶名：書虫股份有限公司
讀者服務信箱 email：service@readingclub.com.tw
歡迎光臨城邦讀書花園　網址：www.cite.com.tw
香港發行所／城邦（香港）出版集團有限公司
地址：香港灣仔駱克道 193 號東超商業中心 1 樓
email：hkcite@biznetvigator.com
電話：(852)25086231　傳眞：(852) 25789337
馬新發行所／城邦（馬新）出版集團
Cite(M)Sdn. Bhd.(458372U)11, Jalan 30D/146, Desa Tasik, Sungai Besi, 57000 Kuala Lumpur, Malaysia.
電話：(603)9056 3833　傳眞：(603) 9056 2833

封面及版型設計／R&A Design Studio
印　　刷／卡樂彩色製版有限公司
總　經　銷／聯合發行股份有限公司
電話：(02)2917-8022　傳眞：(02)2915-6275

■ 2011 年（民 100）11月初版
2017 年（民 106）2月2日初版7刷
Printed in Taiwan

定價／250元

ISBN　978-986-272-064-6